Et le coucou, dans l'arbre,
se rit de l'époux

Percy Kemp

Et le coucou, dans l'arbre, se rit de l'époux

ROMAN

Albin Michel

IL A ÉTÉ TIRÉ DE CET OUVRAGE
VINGT EXEMPLAIRES
SUR VÉLIN BOUFFANT DES PAPETERIES SALZER
DONT DIX EXEMPLAIRES NUMÉROTÉS DE 1 À 10
ET DIX HORS COMMERCE NUMÉROTÉS DE I À X

À Veronica

Prologue

LES sœurs Miller n'avaient pas eu à acheter leurs meubles. Les gourous du bon goût qui décoraient les bâtisses rénovées d'en face feraient certes la moue à la vue du meublé que la dernière des trois vieilles filles offrait à présent à la location, au deuxième étage de sa maison édouardienne à la façade stuquée. Ils objecteraient qu'on ne marie pas impunément le chêne, le noyer et l'acajou. Ils clameraient que le brocart fleuri des rideaux jure avec le chintz fleuri du canapé et de sa bergère, et toute cette floraison encore plus avec le papier peint moiré, pour ne rien dire des tapis chinés. Ils crieraient au sacrilège en voyant les appliques Art nouveau et les vases Arts déco côtoyer des copies fin XIXe de meubles Charles II et Guillaume IV. Et ils tourneraient probablement de l'œil à la vue des bols Satsuma jouxtant les bocks Couronnement, et des figurines de Delft flirtant avec les effigies de Nelson et de Wellington dans leur présentoir en palissandre.

Pourtant, n'en déplaise aux amateurs de Sloane Apricot et aux inconditionnels des pastels Farrow & Ball, tous ces meubles et tous ces objets faisaient bon ménage. Ils n'étaient pas assortis, mais ils n'en vivaient pas moins en harmonie. Ils étaient différents, mais comme seuls les membres d'une même famille peuvent l'être. Avec le temps, ils avaient fini par se ressembler. Peut-être pas dans leur forme extérieure, en tout cas dans leur manière d'être et de se tenir, et dans cette façon qu'ils avaient, parfois, de grincer et de couiner, histoire de se rappeler au bon souvenir des occupants des lieux.

L'actuel locataire s'intégrait parfaitement à ce décor. Il n'était certes pas aussi vieux que tout ce qui l'entourait (côté conception, il était plutôt après-guerre), mais il y avait en lui quelque chose de démodé qui convenait à l'ensemble. Ce n'étaient pas tant ses chaussures au cuir bien patiné, ni son pantalon qui remontait très haut dans le dos, ni les bretelles feutrées qui le soutenaient, ni le petit col droit de sa chemise, ni même sa cravate, étroite. C'était plutôt son allure surannée, et quelque chose dans le regard qui lui donnait un air décalé. Comme s'il avait trop tardé à rejoindre la modernité. Comme si le temps qui passait l'avait laissé à quai. Comme si, dans le grand concert de l'humanité, il n'avait été qu'une pièce rapportée.

Même l'objet surprenant qu'il tenait ce jour-là à la main ne semblait pas trop déplacé dans cet endroit fané. Il s'agissait pourtant d'une arme de guerre : un pistolet automatique Sig-Sauer P226 calibre 9mm parabellum, de fabrication germanique. Il manipulait cependant cette arme avec une telle aisance qu'elle se fondait presque avec lui et avec les meubles des demoiselles Miller.

Non, quoi qu'on en pense, il n'y avait rien d'incongru dans cette pièce. Tout y avait sa place. Tout, sauf peut-être le nom de l'homme au pistolet. Il s'appelait en effet Micha, et ce nom-là n'allait ni avec cette maison de Clapham ni avec cet intérieur insulaire. Il n'allait d'ailleurs pas plus avec les habits que l'homme portait, et qui étaient indubitablement de bonne facture anglaise. Ce nom faisait tache, et c'est peut-être pourquoi celui à qui on l'avait jadis donné se faisait appeler Jonathan. Un nom tout ce qu'il y a d'anglo-saxon, qui fleurait bon les Ecritures et l'Eglise réformée, et qui lui plaisait justement pour cela. Il faut dire que l'homme en question faisait tout pour se conformer.

Assis dans la bergère fleurie des sœurs Miller, Micha, qui se faisait appeler Jonathan, regardait son pistolet sans le voir, comme on regarde une chose familière. Et c'est vrai que cette arme lui était familière. Il l'avait jadis rapportée de Vienne en plusieurs fois et en pièces détachées afin d'éviter des questions embarrassantes à la douane, il en connaissait intimement chaque mécanisme, et il pouvait appeler par son nom chacune des cinquante-cinq parties qui la composaient. Il y puisait d'habitude un certain réconfort. Celui de se sentir, malgré tout, maître de sa destinée. Pas ce jour-là. Ce jour-là, cette arme ne lui apportait rien. Ne l'aidait en rien. Alors, comme la contempler ne lui suffisait plus, il entreprit de la démonter.

Ayant sorti le chargeur, il tira la culasse en arrière, la bloqua, et abaissa le verrou de fermeture. Il libéra ensuite l'arrêtoir et fit glisser la culasse lentement vers l'avant en l'accompagnant de la main. Puis il détacha de la carcasse tout le bloc amovible de la culasse, du canon, du ressort récupérateur et du tube de guidage, démonta le ressort, retira le canon, et aligna le tout sur la table basse à côté du chargeur. Il nettoya ensuite chacune de ces pièces métalliques à l'aide d'une tringle et d'un chiffon imbibé d'huile, et, cela fait, il remonta le pistolet. Accouplant le canon à la culasse, il remit en place le ressort et son tube de guidage, fit coulisser le bloc amovible sur la carcasse jusqu'à l'arrêtoir, désarma le chien, inséra le chargeur, et introduisit une balle dans le canon. Puis il posa l'arme sur la table et la fixa du même regard absent que tout à l'heure.

L'intérieur du pistolet ne lui avait, semble-t-il, livré aucun secret. Ses yeux ternes se portèrent alors sur le téléphone qu'il fixa longuement, comme s'il allait le voir sonner. Il finit néanmoins par le quitter des yeux et s'en fut, d'un pas las, tirer les rideaux et regarder dans Grafton Square à travers la vitre fermée.

Le quartier avait bien changé. Attirés par les marchands de biens et leurs caisses de résonance, les Sonlies – ces ersatz de Sloane Rangers, qui ne pouvaient se permettre ni Chelsea ni même Fulham – traversaient à présent en grappes les ponts jetés sur la Tamise et fondaient sur Clapham à bord de leurs breaks allemands et suédois.

Ayant déjà conquis le Crescent et le Chase, où leur sémiologie et leurs commerces clonés sur ceux du nord du fleuve faisaient désormais loi, ils s'attaquaient maintenant aux ruelles intérieures, se rapprochant dangereusement du territoire de Mlle Miller.

Regardant par la fenêtre, il imaginait les rémoras des requins de l'immobilier recrutant des employés de banque pour des renseignements sur les avoirs financiers des riverains, cajolant des infirmières et leur soutirant les bulletins de santé des résidents du troisième âge, soudoyant des fonctionnaires de l'état civil pour identifier des héritiers potentiels en mal de liquidités, et jouant même aux ornithologues afin d'avoir une meilleure vue sur la toiture croulante de leurs proies. Il les imaginait ensuite s'en retournant chez leurs maîtres qui faisaient usage de tous ces précieux renseignements pour mieux choisir leur cible et formuler leur offre.

Stratégie payante, car l'avant-garde des Sonlies avait déjà colonisé et bonifié toute la partie nord de Grafton Square, reconnaissable à ses façades bien ravalées, à ses haies manucurées, à ses chiens pleins d'allant, aux véhicules haut de gamme qui y stationnaient, et ce jour-là à la fumée qui s'échappait des cheminées astiquées. Il faisait pourtant doux pour la saison, mais cela n'avait pas empêché les Sonlies de faire du feu. Peut-être, se disait-il distraitement en revenant s'asseoir dans la bergère fleurie des sœurs Miller, peut-être parce qu'un feu de cheminée fait *cosy*, et parce qu'il incite ceux qui l'attisent à croire qu'ils ont de tout temps habité une maison qu'ils viennent tout juste d'investir.

Assis dans la bergère fleurie des sœurs Miller, Micha fixait son arme des yeux et pensait à Emily, la grand-mère de Jonathan dont il avait volé l'identité.

Emily avait dix ans, en 1915, quand son père tomba dans la boue des Flandres en aidant le feld-maréchal John Denton Pinkstone French à conquérir le titre de premier comte d'Ypres, et quand sa mère l'abandonna, ainsi que son petit frère, dans un orphelinat de Barnardo's, dans l'espoir d'une vie meilleure.

Un an plus tard, les bien-pensants de chez Barnardo's séparaient Emily de son frère et la mettaient à bord d'un navire en partance pour le Canada. A son corps défendant, elle venait d'être recrutée pour servir le grand dessein eugénique que l'Angleterre avait mis en œuvre dès le XVIIe siècle en envoyant ses enfants coloniser la Virginie, et qui, plus tard, fut affiné et perfectionné par Kingsley Fairbridge et d'autres visionnaires impériaux de la même trempe, avec le but avoué d'injecter dans les vastes possessions d'outre-mer de Sa Gracieuse Majesté du sang britannique jugé indigne des îles Britanniques elles-mêmes.

En expédiant Emily vers un centre de distribution d'enfants migrants, qui la plaça comme souillon chez un royaliste de Montréal qui y tenait obstinément tête à la racaille acadienne et républicaine, les stratèges impériaux s'imaginaient sans doute que cette jeune paysanne du

Yorkshire leur donnerait une flopée de petits Britanniques bien portants.

S'ils avaient espéré vraiment qu'Emily se joindrait de tout cœur à la belle frai-party anglaise qu'ils réservaient au Québec français, ils durent vite déchanter. D'autres enfants migrants, au Canada comme ailleurs, peut-être se languissaient pour l'Angleterre et dépensaient leurs maigres économies dans des cottages miniatures. Plus tard ils décoreraient leurs maisons à l'anglaise, et ne reculeraient devant rien pour écouter le rituel météorologique métronomique que la BBC consacrait quotidiennement à la navigation autour des îles Britanniques. Pas Emily. D'autres enfants migrants parlaient peut-être avec émotion du Vieux Pays, évoquaient, la voix brisée, ses roses et ses jonquilles, et se pliaient de bonne grâce à la volonté du Seigneur qui a dit : « Remplissez la terre et dominez-la. » Pas Emily. Emily ne pardonna jamais à l'Angleterre de l'avoir abandonnée, et quand il lui arrivait d'en parler, ce n'était jamais sans amertume.

A peine pubère, elle décida de fausser compagnie aux bâtisseurs d'empire. Laissant Montréal et ses maîtres derrière elle, elle s'enfonça dans les terres jusqu'à ce qu'elle eût atteint le Manitoba où elle trouva un emploi dans une ferme tenue par un couple presbytérien sans enfants, qui n'en pouvait plus d'entendre le ministre du culte asséner, à longueur de prêches dominicaux, la parole du Très-Haut : « Soyez féconds et prolifiques. »

Quand l'épouse du fermier mourut six ans plus tard, Emily ne laissa pas le veuf de cinquante-neuf ans partager sa couche avant qu'il eût consenti à l'épouser. Ce qu'il fit. Et un an plus tard, elle lui donna ce que sa première femme n'avait jamais pu lui donner : un héritier. Un garçon qu'elle prénomma Benjamin.

Après quoi son mari vieillissant s'apprêta à recevoir d'elle d'autres fruits tardifs de sa fécondité longtemps gaspillée. Mais il n'y en eut point. Après Benjamin, Emily fit une série de fausses couches mystérieuses que son époux superstitieux interpréta comme autant de signes de la colère divine : une malédiction qui frappait le désir d'un vieil homme pour une jeune femme qui aurait pu être sa petite-fille. A aucun moment il ne se demanda pourquoi Emily avait donné à son premier-né ce nom de Benjamin. L'idée ne lui traversa jamais l'esprit qu'elle avait décidé que Benjamin serait son premier et dernier enfant. Emily avait fait son devoir envers son mari en lui donnant un héritier mâle qui reprendrait la ferme après lui, mais elle était déterminée à ne pas faire son devoir envers l'Angleterre et ses Fairbridge en repeuplant l'Empire. Le père d'Emily avait donné sa vie pour sa patrie, et la Couronne n'avait rien trouvé de mieux, pour la remercier, que de la séparer de son frère et de l'exiler. Elle avait, pensait-elle, assez donné. Elle ne ferait pas de sa propre chair de la chair à canons impériaux.

Quand, plus tard, à la faveur d'une nouvelle grande saignée mondiale, Benjamin fut invité par son roi à accomplir son devoir et à se couvrir de gloire en allant verser son sang au champ d'honneur avec les armes de son choix, il déclina poliment mais fermement l'offre. Il était, après tout, le seul homme sur la ferme. Le roi laissa donc Benjamin à sa terre et à sa mère, et se tourna vers des foyers voisins plus prolifiques et moins prévoyants. Ce fut là le jour le plus heureux dans la vie d'Emily. Le jour où tous ses calculs furent justifiés. Le jour où elle vengea la mort de son père. Le jour où elle rendit à l'Angleterre la monnaie de sa pièce.

Emily aimait le Canada, ses plaines sans fin et ses grands espaces déshumanisés. Elle ne perdit jamais foi en ce pays. Même quand, sept ans plus tard, le rude hiver canadien lui prit son fils unique et sa bru, morts piégés dans leur voiture qui avait plongé dans un lac canadien gelé après que Benjamin eut, semble-t-il, donné un coup brutal de volant en tentant d'éviter un élan canadien. Non, Emily ne perdit pas foi dans le Canada quand deux jeunes gens de la police montée, tête baissée et chapeaux bien ancrés sur les parties génitales, vinrent la prier de les accompagner jusqu'à la morgue de Winnipeg pour identifier les corps. Ayant tout manigancé dès le début afin d'éviter à Benjamin une mort étrangère et inutile pour le Roi et pour la Patrie, Emily n'en tenait pas vraiment rigueur au Canada de le lui avoir enlevé.

Après la disparition de Benjamin, Emily resta sur la ferme avec Jonathan, l'orphelin de quatre ans que son fils laissait derrière lui. Tous les plans de Benjamin pour moderniser l'exploitation et en augmenter le rendement étaient morts avec lui, et Emily se battit seule pour garder la ferme. Pas un instant elle n'envisagea de vendre ce lopin de terre qu'elle ne pouvait plus travailler, et d'aller s'installer en ville, où la vie aurait été bien plus facile pour elle et bien plus agréable pour l'enfant dont elle avait désormais la charge.

Elle s'enferma donc, et elle enferma Jonathan avec elle. Elle lui apprit à se méfier des hommes et à ne se fier qu'à la nature. Elle tenta même de lui éviter l'école. Et quand les autorités locales lui signifièrent qu'elles ne le toléreraient pas, elle le dissuada de se mêler à ses camarades en dehors des heures de classe et lui interdit de se joindre aux scouts ou à tout agrégat similaire. Personne ne recruterait son Jonathan. Et quand le jeune garçon eut terminé de servir sa peine à l'Education nationale, elle s'arrangea pour qu'il ait toujours assez à faire sur la ferme pour ne pas trop s'aventurer au-delà des limites de la propriété familiale.

Jonathan avait vingt et un ans quand la mort d'Emily le libéra finalement de ses vœux canadiens. Tournant alors le dos à la terre et faisant allégeance au ciel, il vendit la ferme et s'en fut aux Indes à la recherche du divin. Il alla de communauté en communauté, honora santon après santon, picora et fuma tout ce qui poussait, s'adonna à tous les hallucinogènes que l'homme a pu inventer, grimpa de plus en plus haut, respira un air de plus en plus raréfié, et finit un jour, quelque part entre Nyenyam et Katmandou, par succomber à une overdose de trop.

C'est ainsi que Jonathan disparut. Emily pouvait désormais reposer en paix, sachant que sa descendance ne serait jamais plus embrigadée par les nostalgiques de l'Empire pour apporter ce qui restait encore de la parole de Dieu aux mécréants, pour porter le fardeau de l'Homme blanc parmi les derniers sauvages, pour procréer et multiplier la race supérieure qui s'épuisait, et pour tuer et mourir pour Dieu, le Roi et la Patrie.

Jonathan n'était pourtant pas perdu pour tous. Ce que le monde perdit le jour où Jonathan mourut, ce fut Koukouchka qui le gagna. Car les voies de Koukouchka sont impénétrables, et en bonne espionne qu'elle était, Koukouchka avait ses entrées partout, même dans les ashrams. Koukouchka ramassa donc scrupuleusement les fragments de vie et les papiers d'identité que Jonathan avait négligemment semés derrière lui, et elle s'appropria son nom et sa mémoire. Elle recomposa ensuite le corps de Jonathan, et elle le ressuscita. Puis elle reprit à son compte la vengeance d'Emily, et elle la porta au cœur même de l'Empire britannique.

Lord Salisbury avait eu tort de déclarer que l'Angleterre s'était emparée de la moitié du globe dans un moment de pure distraction, car Koukouchka était bien décidée à faire payer très cher aux Anglais ce bref instant d'égarement. Ce n'est que justice, aimait-elle dire, que ces enfants que l'Angleterre impériale avait traités en parias soient rendus à la vie et déployés pour mieux l'abattre. Juste retour des choses, ajoutait-elle.

Et c'est ainsi que Micha devint le petit-fils d'Emily. C'est ainsi qu'il fut choisi afin de porter la guerre de Koukouchka en Angleterre, au nom d'Emily, et sous le nom de Jonathan.

Assis dans la bergère fleurie des sœurs Miller, Micha fixait son arme des yeux et pensait à Koukouchka, qui avait construit de toutes pièces ce personnage de Jonathan qui l'avait si bien servi toutes ces années, et derrière lequel il s'était abrité.

Plutôt que de faire de lui un Anglais bon teint à ADN fixe, Koukouchka en avait judicieusement fait un Canadien anglophile à ADN évolutif. Elle justifiait ainsi les petites incongruités que les Anglais n'auraient pas manqué de déceler dans son comportement, et elle lui gagnait la sympathie de ces mêmes Anglais pour les efforts louables qu'il déployait à les imiter.

En faisant de lui un étranger, elle levait aussi le veto que les Aristos – cette crème phonétique de la société anglaise – auraient pu lui opposer, et qui l'aurait empêché de se joindre à eux du fait de l'incapacité dans laquelle il se trouvait à reproduire fidèlement toute une gamme de sons œsophagiens qu'ils apprenaient tout petits – et en faisant usage de muscles inconnus des simples mortels – à émettre en s'exprimant, et à travers lesquels ils se reconnaissaient entre eux et se différenciaient des autres espèces vivantes. Car s'il est vrai qu'il n'avait pas leur accent, ils ne lui en tenaient pas pour autant rigueur puisqu'il était un étranger. Certes, son nom ne figurait ni dans le *Burke* ni dans le *Debrett*, et certes, il n'avait pas fréquenté les mêmes écoles qu'eux, mais tout cela n'avait, tout compte fait, aucune importance, puisqu'il n'était pas anglais. Il avait d'ailleurs les manières qu'il fallait, il ne disait jamais ni *toilet* ni *serviette*, il disait *pudding* quand il voulait dire « dessert », il s'habillait comme il le fallait, il montait bien, il tirait encore mieux, et surtout – surtout –, il avait les moyens de leurs bringues coûteuses qui s'ouvraient rituellement au mois de mai.

Ce n'est pas à une nation que je te demande de t'intégrer, lui avait dit Koukouchka, mais à une caste. Je ne veux pas faire de toi un Anglais mais un Aristo. Conduis-toi donc comme un membre du Gratin, mais n'oublie jamais que tu es au service du Prolétariat. Tel un acteur, tu garderas un œil sur toi évoluant sur la scène. Le but du jeu n'est pas d'être, Micha, mais de paraître. Plus que les gènes, lui avait-elle dit encore, plus que l'accent, plus que les liens tissés lors des bizutages scolaires et les amitiés mâles nées des attouchements juvéniles dans les dortoirs, c'est le savoir-vivre et l'argent qui te serviront de visa d'entrée dans l'enceinte des Aristos. Et une fois que tu y seras, ta prestance et ton charme réservé, tes yeux gris et tes traits réguliers, et tes quatre-vingt kilos harmonieusement répartis le long de tes six pieds trois pouces de haut, feront que tu y resteras.

Et elle avait eu raison, Koukouchka. Koukouchka le coucou. Elle qui n'a pas sa pareille pour déposer ses œufs dans le nid des autres et les laisser les couver à sa place. Koukouchka le coucou, l'enfant chéri du printemps que le poète continuait de chanter alors que le philosophe l'avait percé à jour.

C'est elle, aussi, qui l'avait incité à se porter acquéreur d'un magasin d'antiquités du West End spécialisé dans les choses équestres, du traité français de dressage du

XVIIIe, à la *tug* en queue de cheval d'un pacha ottoman. Les antiquités, lui avait-elle dit, feront de toi un Canadien raffiné et te permettront de frayer, tant avec l'aristocratie qui brade tout, qu'avec la ploutocratie qui rafle tout. Quant aux chevaux, Micha, ils te gagneront la sympathie du Gratin tout entier. Les Anglais, lui avait-elle encore dit, s'ouvriraient à n'importe qui – même à un Teuton ! – si tant est qu'il soit hippophile. Là aussi, Koukouchka avait eu raison.

Sa laisse était longue, et elle lui donna assez de mou pour lui permettre de grimper très haut le long de la ziggourat britannique, mais elle s'assura néanmoins qu'il n'oublierait jamais qu'il était en laisse, et qu'elle-même en tenait l'autre bout. Ne grimpe pas trop haut, Micha, lui avait-elle dit. Reste bien loin de la famille royale, et bien loin des stars et du gotha. Je ne veux pas lire ton nom dans les journaux à sensation ni voir ta photo dans les revues mondaines. Impose-toi aux Aristos en tirant plus juste et en chevauchant plus dur qu'eux, mais ne les humilie surtout pas. Ne deviens pas une cible, Micha. Ne sois pas l'homme qu'il faut battre, et abattre. Et quand tu voudras te trouver une partenaire, ne convoite pas celle autour de laquelle tournent tous ces dégénérés aux noms à rallonge et aux sobriquets ridicules d'animaux domestiques. Va vers le vilain petit canard, lui avait-elle dit. Va vers la marginale. Celle qui dénote. L'Eco-gratinée. La Verte au sang bleu. Celle qui organise des pique-niques organiques. Celle qui tombe dans les pommes aussitôt qu'elle entend parler de chasse à courre. Celle qui cachera ta différence sous la sienne. Celle qui saura leur faire oublier ton côté trouble, troublant, et troublé.

Et c'est ce qu'il avait fait. Barré de main de maître, il avait passé avec succès un examen après l'autre, et les Aristos l'avaient finalement récompensé de son excellence en lui délivrant un laissez-passer permanent pour leur enceinte. Puis le gouvernement de Sa Majesté l'avait honoré pour sa diligence en faisant de lui un citoyen à part entière du Royaume-Uni. Un vrai gentleman, s'il en était ! *Made in England !*

Délaissant la bergère fleurie, Micha reprit son errance entre les meubles hétéroclites des sœurs Miller, et ses yeux, aussi errants que lui, allaient à présent de son arme au téléphone et du téléphone à son arme sans pouvoir s'y ancrer. De guerre lasse, ils finirent par accrocher le grand miroir à fronton ornant le mur au-dessus de la cheminée, et ce banal miroir dut réussir là où l'arme et le téléphone avaient échoué car, dès que son regard s'y posa, il s'y arrima, et il s'en approcha d'un pas décidé, quoique paupières baissées.

Evitant de se regarder en face, il fixa résolument ses bretelles réfléchies dans la glace, et à peine ses yeux s'y étaient-ils portés que ses mains elles aussi s'y portèrent, comme par réflexe. Et voilà que ses doigts caressaient d'eux-mêmes les sangles en cuivre reliant le feutre rouge des bretelles à leur cordage blanc. Et voilà qu'il tirait machinalement sur ses bretelles pour les remonter. Il semblait puiser dans cet étrange spectacle une force qui ne l'était pas moins, et son regard éteint retrouvait un peu de la lueur qui l'avait déserté ce matin.

Rien d'étonnant, car depuis quelque temps, il avait le sentiment de ne plus tenir que par ses bretelles. Il ne les cachait d'ailleurs plus, comme il avait eu coutume de le faire, sous d'épaisses couches boutonnées de tweed, de flanelle et de laine peignée. Il pouvait passer des heures en bras de chemise à caresser le feutre doux de ses bretelles et à en palper le cordage ciré. Et quand il se regardait dans la glace – comme maintenant –, il lui plaisait de voir avec quelle parfaite simplicité ce harnais conventionnel retenait son pantalon sans taille. Il se disait alors – comme maintenant – que ce même harnais ne manquerait pas de retenir son être désormais dévertébré. En vérité, il en était venu à voir dans ses bretelles une preuve irréfutable de son anglicité.

Une fois cette image rassurante bien imprimée sur sa rétine et bien ancrée dans sa mémoire, il tourna le dos au miroir, et, allant jusqu'au secrétaire en chêne des sœurs Miller, il tira la chaise en acajou des sœurs Miller, s'y installa, ouvrit le nécessaire à écrire des sœurs Miller, et s'attela à la tâche de mériter, enfin, son anglicité usurpée.

Adieu, disait-il alors, à personne en particulier. Adieu ! Ce qui doit advenir à présent n'est plus difficile : ce qui doit advenir à présent, c'est le destin.

Ce disant, il ne faisait que répéter les paroles d'un autre. Il faut dire qu'il n'avait jamais eu de mots à lui.

Micha

1

TOUT commença, je crois, par une remarque anodine que le vieux Martinet fit à un buffet de gare. Alouette et lui avaient entendu dire qu'un Pot de Fleur avait été aperçu sur le réseau ferroviaire du Sud-Ouest peu auparavant, et j'avais pris mon Aston pour les rejoindre à Exeter et m'extasier avec eux à la vue de cet antique engin.

C'était une journée grise et humide de novembre, et, tout en roulant, je me disais qu'après toutes ces années passées dans l'Ile, je ne comprenais pas plus les Anglais qu'au premier jour de mon arrivée. Que des adultes bravent ainsi les intempéries pour guetter de vulgaires locomotives et en noter le numéro dans un calepin, dépassait pour moi tout entendement. Qu'en plus ils insistent pour conférer à ces tas de ferraille des surnoms affectueux tels que Pot de Fleur et Scoubidou, Beignet et Blaireau, me rendait encore plus perplexe. C'est pourtant ce qu'ils font. Qu'il pleuve ou qu'il vente, on peut les voir sur les quais de gare et le long des rails, souvent revêtus d'un anorak bleu, signe de reconnaissance, s'excitant au passage d'une locomotive rarissime, plissant les yeux pour mieux l'identifier, et s'empressant de gribouiller de leurs doigts frigorifiés le numéro de série, la date, l'heure, et le kilomètre de la voie ferrée. Et ils le font pour le plaisir. Pour se détendre. Pour s'amuser. Ils rentrent ensuite chez eux avec leur butin, et ils se dépêchent d'envoyer à des bulletins spécialisés, qui répondent à des noms incongrus comme *Le Guetteur Comblé*, *La Vigie Récompensée*, des rapports détaillés dans lesquels ils font part à leurs congénères de leur dernière trouvaille avec ce même sentiment de fierté qui devait jadis animer leurs aïeux annonçant, devant la Royal Geographical Society, la découverte de la source du Nil ou des mines du roi Salomon. Et la nouvelle est, bien évidemment, reçue avec autant d'émerveillement que s'il s'agissait justement de cela.

Tel était l'univers étrange des guetteurs de trains anglais, et Alouette et Martinet en étaient des piliers. Des années auparavant ils avaient insisté pour m'y coopter, arguant que ce passe-temps anodin fournirait une couverture parfaite à nos rendez-vous illicites. Et j'en avais finalement convenu, d'autant que j'avais peine, à l'époque, à trouver un point commun entre l'antiquaire du West End que je prétendais être, et une modeste fonctionnaire de l'état civil et son époux employé par l'Entraide catholique, habitant tous deux le quartier plutôt excentré de Barnes.

Alouette et Martinet se tenaient déjà sur le quai quand j'arrivai, et nous fîmes le guet des heures durant dans l'espoir d'apercevoir la locomotive tant convoitée. En vain. Et quand je leur proposai d'abandonner cette veille infructueuse pour aller boire une bonne tasse de thé, Martinet était visiblement très déprimé.

Douze mois s'étaient écoulés depuis la chute du Mur, et Alouette m'interrogeait encore à ce propos de sa voix claire et posée de chef de cellule. Je lui répondais du mieux que je pouvais, et elle m'écoutait attentivement comme elle l'avait toujours fait, mais Martinet, lui, avait l'esprit ailleurs.

C'est alors qu'il fit cette remarque sur les guetteurs de camions, tout en essuyant les verres épais de ses lunettes avec le pan de son gros cardigan marron. Il avait, dit-il en me fixant vaguement de son regard de myope, lu quelque chose à leur propos dans la presse du dimanche. Apparemment, de plus en plus de gens s'y adonnaient. Des clubs bourgeonnaient un peu partout dans le pays, et les journaux publiaient même le courrier de lecteurs signalant des modèles de camions rarissimes, la flotte en livrée rutilante rouge et blanc d'un transporteur français au nom à consonance médiévale semblant avoir leur faveur.

Quoi de plus naturel, lui avais-je répondu, amusé. De plus en plus de gens, avais-je ajouté, passaient de plus en plus de temps sur les routes, et les automobilistes rompaient comme ils le pouvaient la monotonie de leur trajet.

Mais Martinet y voyait quelque chose de funeste. Il parlait avec tristesse – et sa voix en tremblait – d'un monde qui disparaissait et de valeurs foulées au pied. Il prédisait même que le guet routier finirait par triompher, et que les guetteurs de trains seraient bientôt une chose du passé.

Comme à son habitude, Alouette avait tenté de lui remonter le moral. Ecrivons à British Rail, avait-elle suggéré en remettant en place une mèche rebelle, l'air de quelqu'un qui pourrait tout aussi aisément remettre de l'ordre dans le monde. Les responsables de British Rail étaient certainement conscients de la menace, avait-elle ajouté, et si on laissait les guetteurs de camions gagner, le transport routier finirait par l'emporter sur le transport ferroviaire. Mais en soutenant les guetteurs de trains face à leurs rivaux, avait-elle conclu, British Rail pouvait espérer renverser la vapeur.

Cette brillante démonstration de matérialisme historique, inversé puis appliqué au guet ferroviaire et au guet routier, ne réussit cependant pas à convaincre Martinet qui continuait à broyer du noir. L'anniversaire de la chute du Mur, la montée en puissance des guetteurs de camions, le rendez-vous manqué avec le Pot de Fleur : tout, ce jour-là, semblait conspirer pour l'abattre davantage. Le vieil homme voyait le monde moderne le rattraper à grandes foulées, et le moins qu'on puisse dire, c'est qu'il n'aimait pas cela.

Et le coucou, dans l'arbre, se rit de l'époux

Je refusais, quant à moi, de me laisser inquiéter. Certes, me disais-je, le Mur était tombé. Mais le Centre tenait bon. Et certes, les guetteurs de camions étaient passés à l'offensive. Mais Alouette, Martinet et leurs amis guetteurs de trains leur faisaient face vaillamment. Rien n'est perdu, me disais-je. Rien n'est perdu, puisqu'il y avait encore un « eux », et un « nous ». Non, je ne m'en faisais pas trop à l'époque. Et si je m'en faisais, c'était plus pour Martinet que pour moi. Avec le recul, cependant, j'en vins à me dire que c'est bien là, à ce buffet de gare, que tout a commencé, et que la fêlure est apparue.

2

APRÈS quoi je m'en remis à Alouette pour aider son mari à garder la tête hors de l'eau, et elle s'acquitta de cette tâche à merveille. En dépit des nouvelles de plus en plus alarmistes qui nous parvenaient à présent de Moscou, elle et Martinet continuaient leurs livraisons régulières de fiches d'état civil piquées à St. Catherine's House et de dossiers d'enfants migrants repêchés dans les archives de l'Entraide catholique, dont j'alimentais régulièrement la boîte aux lettres morte de Hampstead Heath, et que le Centre papivore vidait à son tour tout aussi régulièrement, happant les liasses de papier, les avalant et les digérant, à un rythme qui me renforçait dans ma conviction que rien n'avait changé. Et même si la morosité de Martinet, et les doutes qui commençaient à assaillir Alouette déteignaient déjà sur moi, je m'oubliais volontiers avec mes autres agents, qui n'avaient pas tous, loin s'en faut, l'engagement politique et les convictions morales du vieux couple communiste.

Alouette et Martinet, Grue et Héron, Hibou et Corbeau, Tourterelle et Loriot : c'était là ma famille anglaise. Mes petits frères et mes petites sœurs que je couvais du mieux que je pouvais, alors que le Mur s'effritait et que l'Union soviétique implosait. Rétrospectivement, eu égard aux affres à travers lesquelles nous passions alors, je pense pouvoir dire, sans fausse modestie, que je m'en sortais plutôt bien. L'Union était assiégée de toutes parts et ses ennemis exultaient, et pourtant je gardais le moral. Le Centre se battait le dos au mur, et pourtant je me sentais plus proche de lui que jamais. Etrangement, voir le Centre omnipotent et omniscient faire ainsi figure de perdant renforçait mon attachement pour lui. Plus tard, j'en vins même à me dire que le fair-play dont je fis montre à l'époque était bel et bien une preuve de mon anglicité.

3

LE répit fut cependant de courte durée. Ayant survécu à la chute du Mur, Alouette et Martinet finirent par s'écrouler avec l'Union.

J'étais allé les rejoindre à la gare de Crewe un après-midi de septembre, peu après le putsch avorté de Moscou, et je les trouvai effondrés. Ce jour-là, je ne pris même pas la peine de les faire jouer aux guetteurs de trains et les menai hors de la gare, et par-delà une petite église, jusqu'à la devanture embuée d'un café.

C'était l'un de ces snacks conçus à l'origine sur le modèle américain et qui, dans ce pays, finissent toujours par servir des viandes graisseuses et des sodas tièdes. Lorsque je poussai la porte, sans grand plaisir, une clochette tinta. Le lieu de culte tout proche suggérait peut-être quelque office religieux, mais quand nous entrâmes, ce ne fut pas l'odeur de l'encens qui nous accueillit. L'endroit, déserté par les fidèles – si tant est qu'il y en ait eu –, baignait dans un miasme de condensation fétide, d'odeur de transpiration et de relents de friture. Une allée centrale, bordée de chaque côté par des tables flanquées de banquettes ferroviaires, menait droit à un autel-fourneau où officiait un grand prêtre tatoué, assisté d'une jeune vestale exsangue vêtue d'une tunique souillée. Alors qu'Alouette et Martinet prenaient place côte à côte, j'allai jusqu'au grand prêtre et lui demandai du thé. Ce dernier, occupé à étaler une couche de gras sur une tranche de pain cotonneux, ne prit même pas la peine de me regarder et se contenta d'un hochement de la tête en direction de son assistante. Il y avait, apparemment, une division très stricte du travail dans cet ordre religieux-là : les prêtres s'occupaient de la transsubstantiation des solides, et leurs vestales se chargeaient des liquides. Me tournant vers la pythie à la peau translucide, je l'observai en silence alors qu'elle transvasait une concoction de couleur indéterminée d'un grand récipient métallique dans trois tasses en plastique, avant que d'oindre le tout de quelques gouttes de lait maigre. Ayant finalement déposé mon obole sur l'autel et marmonné quelques mots en guise d'action de grâce, j'emportai pieusement le liquide sacral et m'en fus rejoindre mes amis athées.

Alouette parla, encore et encore, à longueur de tasses de thé trop infusé, pour dire : A quoi bon ! A quoi bon continuer à piller les registres de St. Catherine's House et les archives de l'Entraide catholique ? A quoi bon continuer à commander des certificats de naissance, de mariage et de décès ? A quoi bon continuer à détourner les vies de centaines d'enfants migrants ? A quoi bon continuer à fournir de faux papiers à des camarades qui n'avaient plus de cause à servir, et même plus de patrie ? A quoi bon !

Je reconnaissais bien là mon Alouette. Elle avait jadis épousé le catholicisme en pensant au bien de l'humanité. Mais, comme Ivan Karamazov, elle avait vite déchanté d'un Dieu qui laissait les puissants martyriser les innocents (pour ne rien dire d'un Dieu qui permettait au coucou de placer ses œufs dans le nid des autres oiseaux). Et tout comme Ivan Karamazov, elle en avait conclu que le seul moyen dont disposaient de simples humains, pour mettre fin à ces souffrances, n'était pas d'essayer de suivre l'exemple kénotique du Fils de Dieu, mais de construire un ordre rationnel qui garantirait, par la force si besoin est, le bonheur et la paix auxquels les hommes aspiraient. Elle avait donc abandonné le catholicisme pour le communisme, entraînant son mari avec elle. Mais voilà qu'elle se rendait compte que cette Union soviétique dans laquelle elle avait placé tous ses espoirs était à bout de forces. Qu'elle n'avait plus l'énergie requise pour imposer au monde l'ordre rationnel dont elle rêvait pour l'humanité.

Je tentai d'argumenter avec elle, ce jour-là, mais elle n'avait apparemment nul besoin des explications que je n'avais plus, ni des assurances que je n'étais plus en mesure de donner. Quant à Martinet, il semblait ne plus avoir besoin de quoi que ce soit. Et quand, me rappelant mon rôle d'officier traitant, je voulus insister, Alouette prit ma main dans la sienne – la sienne si chaude, si rassurante –, et me fixa sans mot dire de ses grands yeux bleus. Je sus alors qu'elle m'avait échappé pour de bon, et j'en rougis de honte. Tout mon art ne me suffirait désormais plus à reprendre de l'ascendant sur elle. Seule ma vulnérabilité le pourrait encore. Mais l'affection que je lui portais m'empêchait de jouer à ce jeu avec elle.

Plus tard, alors qu'on se séparait, Martinet, qui n'avait pas dit un mot de la journée, me demanda si j'avais entendu la nouvelle : on allait privatiser British Rail !

4

DANS les mois qui suivirent, je continuai de me plier à la routine qui régissait mes relations avec Alouette et Martinet, rendant des visites hebdomadaires à notre boîte aux lettres morte de Fulham, et à la cabine téléphonique de Putney où ils savaient pouvoir me joindre en cas d'urgence. Mais la boîte resta désespérément vide, et le téléphone ne sonna jamais. Tous les deuxièmes samedis du mois, je faisais aussi le pèlerinage jusqu'à la gare de Crewe – cette Mecque des guetteurs de trains anglais – pour notre rendez-vous mensuel. J'y allais autant dans l'espoir d'y voir Alouette et Martinet que dans celui de retrouver un passé qui s'évaporait. Crewe, une ville peuplée de rails et de trains bien plus que d'êtres humains, me rappelait en effet Petropavlovsk : la Petropavlovsk où mon père jadis m'emmenait.

Tous les deuxièmes samedis du mois, je m'y rendais donc religieusement. J'y retrouvais des images de mon adolescence, mais Alouette et Martinet ne vinrent jamais. Ayant épuisé les charmes de la confession puis de l'autocritique, et déchanté du communisme après avoir déchanté du catholicisme, Alouette et Martinet décrochaient.

Le Centre ne semblait pourtant pas s'inquiéter de cette désertion. Le Centre, me disais-je, avait certainement d'autres chats à fouetter. Ou alors, me disais-je aussi, le Centre avait d'autres Alouette à St. Catherine's House, et d'autres Martinet à l'Entraide catholique. Et comme le Centre ne s'en faisait pas, je laissai faire. Je ne téléphonai pas à mes deux déserteurs. Je ne fis point pression sur eux. Je ne les menaçai point. Je les laissai tranquilles. J'envisageai même de mettre fin à mes visites hebdomadaires à la boîte aux lettres et à la cabine téléphonique, et d'abandonner mes périples mensuels jusqu'à Crewe. Puis je me ravisai. Et bien qu'à l'époque je me sois dit que ma décision de ne rien changer à nos arrangements avait été inspirée par la persévérance de ce traitant du Centre qui, mois après mois, avait continué à aller attendre son agent à une sortie du métro parisien, la vérité est que j'avais eu besoin de cette routine pour me raccrocher à un semblant de normalité.

5

Le deuxième samedi du mois de janvier, peu après que la Bannière rouge eut été ramenée pour la dernière fois des murs du Kremlin, je me rendis sans grande conviction à la gare de Crewe et me dirigeai ensuite sans enthousiasme aucun vers le quai où nous avions rendez-vous.

Là, je vis deux silhouettes rabougries, enveloppées dans des doudounes bleues trop amples : Alouette et Martinet en tenue d'apparat des guetteurs de trains. Alouette, qui s'attendait apparemment à me voir, m'adressa un petit signe de la main quand elle m'aperçut, et je lui souris. Martinet, qui faisait face à la voie, ne se retourna même pas. J'avançai vers eux sans hâte. Toujours la normalité. Alors que l'express de Liverpool entrait en gare, Alouette me quitta des yeux et se colla à son mari. Comme dans un rêve, je la vis qui le prenait par la main. Je m'immobilisai. Un instant, je restai comme pétrifié. Puis je compris ce que je ne voulais pas comprendre, et je me mis à courir. L'express avançait au ralenti, maintenant, mais j'avançais encore plus lentement. J'avais le sentiment d'être dans des sables mouvants. Je vis Alouette qui me regardait, mais je ne trouvais pas assez de courage en moi pour crier. Je la vis qui me souriait, comme si elle était reconnaissante de me voir accourir, mais je ne trouvais toujours pas assez de courage en moi pour crier. Je la vis donner à Martinet un coup de coude, un petit coup tendre et complice dans le creux de la hanche. Je vis les vieilles jambes de Martinet trembler. Je vis ses genoux flancher. Je le vis ensuite basculer sur la voie, entraînant sa femme avec lui. Le conducteur, lui, ne s'aperçut de rien. Il arrêta son train à l'endroit précis où il l'arrêtait toujours sur ce quai-ci. Puis quelqu'un hurla. Quelqu'un hurla, et je me précipitai vers la sortie comme un voleur de vie.

A vrai dire, je ne sus jamais si c'était l'annonce officielle du décès de l'Union soviétique, ou la mort attendue de British Rail, qui les y avait poussés.

6

LA mort d'Alouette et de Martinet fit entrer la peur dans mon cœur.

Peur de voir mon univers s'écrouler. La chute du Mur et la fin de l'Union avaient jusqu'alors épargné mon petit monde douillet : ma couverture bien façonnée et mes sources bien rodées. Aveugle à la tourmente, mon réseau avait continué de fonctionner à la manière d'une pièce d'horlogerie parfaitement huilée, renforçant l'illusion de normalité dont je me berçais. La maison était peut-être en feu mais, suivant en cela un vieil adage, je me rassurais en me disant que ma pendule, elle, donnait toujours l'heure. La mort d'Alouette et de Martinet changea tout cela, fit voler en éclats le sentiment béni d'autarcie dans lequel je baignais, me fit percuter la réalité de plein fouet, et fit de la peur mon compagnon intime.

Peur qu'Alouette et Martinet n'aient laissé une lettre justifiant leur suicide : « On a gâché notre vie, celle de beaucoup d'autres aussi, pour un mythe grabataire qui se refuse à mourir. » Je passai la nuit qui suivit leur suicide à essayer de me rassurer. Je me disais – je me répétais inlassablement – que Martinet était trop absent pour s'en faire, et Alouette trop en colère avec le monde entier pour laisser derrière elle un quelconque testament politique. Toute la nuit je tentai en vain de m'en convaincre, mon pistolet à portée de la main. L'angoisse ne me quitta que le lendemain, quand je trouvai dans notre boîte aux lettres de Fulham une enveloppe contenant tout ce qu'Alouette et Martinet souhaitaient apparemment laisser derrière eux en guise de testament : un acte de naissance et un certificat de décès. L'acte de naissance et le certificat de décès d'un enfant migrant, né en 1945, mort vingt ans après, et qui reposait depuis dans un petit cimetière du Derbyshire. Un enfant migrant que je pourrais devenir, si je le souhaitais. Le cadeau d'adieu d'Alouette et de Martinet. Leur manière de me dire que la porte de sortie qu'ils s'étaient choisie n'était pas la seule possible. J'en fus tout à la fois indigné et soulagé. Indigné qu'Alouette et Martinet aient pu penser que je pourrais tout lâcher, mais soulagé de voir qu'ils avaient eu, jusqu'au bout, ma sécurité à cœur.

La peur ne me quitta pas pour autant.

Peur que la police ne soupçonne autre chose qu'un suicide de vieux, et n'entreprenne par conséquent une fouille minutieuse de la maison du couple. Alouette et Martinet auraient-ils négligemment laissé quelque indice derrière eux ? Quelque chose qui ferait froncer les sourcils à un policier perspicace du commissariat de Barnes, et qui inciterait ses supérieurs à en référer à Scotland Yard, et Scotland Yard aux Busards du Service de sécurité ? J'envisageai sérieusement de me rendre chez Alouette et Martinet. Vas-y tout de suite, me disais-je. Vas-y avant la police, avant la Société royale pour la prévention de la cruauté envers les animaux, avant le voisin prévenant, avant le neveu qui n'écrivait jamais, qui s'en fichait éperdument, mais qui viendra sûrement jouer au charognard. Je m'imaginais déjà à Barnes : Je suis venu payer le laitier, nourrir le chat, arroser les plantes, récupérer une photo de ma vieille tante. Puis je me ravisai. Car je savais à quel point Alouette et Martinet avaient été méticuleux et secrets. Un mélange de dissimulation révolutionnaire et de discrétion britannique.

Peur, aussi, que l'enquête de routine ne finisse par me rattraper. Je courais vers eux, ce jour-là. Pourtant je ne m'étais pas présenté pour, comme disent si joliment les Anglais, aider la police dans son enquête. Quelqu'un avait peut-être vu Alouette m'adresser un signe de la main. Lui avais-je fait un signe en retour ? Quelqu'un m'avait peut-être vu me précipiter vers eux. Quelqu'un avait peut-être entendu le cri d'effroi que je croyais ne pas avoir poussé. Quelqu'un – un autre guetteur de trains – m'avait peut-être déjà vu avec eux à Crewe ou dans quelque autre gare du royaume. Quelqu'un qui, en citoyen consciencieux, aurait donné mon signalement à la police : Oui, ce monsieur semblait bien les connaître.

Peur, surtout, de la réaction inattendue de Koukouchka. En bon serviteur du Centre j'avais immédiatement informé Moscou de ce double suicide, et Koukouchka avait étrangement réagi en me sommant de rompre tout contact avec elle jusqu'à nouvel ordre. Je ne devais plus m'approcher de notre boîte aux lettres morte de Hampstead Heath avant d'avoir à nouveau vu le signal tracé à la craie sur le réverbère tout proche. Pas d'autre explication. Koukouchka, qui n'avait jamais été avare de conseils, même sur les choses les plus triviales, ne prenait même pas la peine de commenter la mort brutale des plus anciens membres de son réseau britannique. Koukouchka était passée en mode simplex : communication à sens unique.

Bientôt la crainte de voir la mort d'Alouette et de Martinet me rattraper céda la place, dans mon cœur, à l'angoisse de la dénonciation. L'Union avait éclaté et Koukouchka avait changé de camp, me disais-je en cherchant un réconfort dans mon pistolet. Koukouchka m'a trahi, me répétais-je en caressant mon arme. Non, Koukouchka ne m'a pas trahi, me disais-je juste après. Koukouchka se cachait. Non, elle ne se cachait pas. Elle avait été arrêtée. Koukouchka avait été arrêtée et le Centre m'avait trahi. Les gros bonnets du Centre convenaient d'arrangements privés avec les vainqueurs, me disais-je. Ils livraient leurs réseaux et trahissaient leurs agents en échange d'une promesse d'immunité et d'un gros pécule qui dormirait dans les coffres profonds d'une discrète banque helvétique.

Il y eut des moments où le silence de Koukouchka m'était encore plus insupportable que l'angoisse de la dénonciation. Il y eut des moments où je me mettais à espérer que les Busards du Service de sécurité viendraient m'appréhender. Des moments où il me tardait d'entendre frapper à ma porte à l'aube, ou de sentir une main se refermer brutalement sur mon bras dans la rue et une autre me forcer la tête vers le bas en me poussant dans une voiture, moteur en marche. Et à chaque fois que je m'appliquais à ma routine de contre-filature, je le faisais sans appréhension. En vérité, j'aurais voulu entrevoir quelqu'un qui me suivait. Mais personne ne me suivait. Personne. Personne ne m'avait trahi. Koukouchka ne m'avait pas trahi. Koukouchka m'avait tout bonnement oublié. J'étais à la dérive. Sevré trop tôt et contraint à jauger par moi-même le seuil de tolérance politique et le point de rupture psychologique de chacune de mes sources. Qui était le maillon faible ? Qui, de Hibou, de Corbeau, de Grue ou de Héron, de Tourterelle ou de Loriot, craquerait en premier ? C'étaient là des questions auxquelles personne ne m'aiderait à répondre.

A vrai dire, je ne m'inquiétais pas tant pour Hibou, qui fonctionnait à l'affect, encore moins pour Grue et Héron, qui étaient mus par leur désir inassouvi de vengeance et par l'appât du gain. Quant à Corbeau, c'était une autre histoire. Je pariai secrètement sur Loriot, justement parce qu'il était communiste, et sur Tourterelle, parce que je la savais déboussolée. C'est donc vers eux deux que je portai à l'époque toute mon attention.

7

QUAND Koukouchka lui avait choisi, comme nom de code, Loriot, elle pensait sans doute à l'*oriolus szalayi* : le loriot brun de Nouvelle-Guinée. Ce volatile imite en effet si bien le cri, la posture et l'envol de l'oiseau-moine du Timor, que ce dernier le laisse volontiers vivre sur son territoire et se reproduire dans le même arbre que lui.

Loriot aurait voulu que nos rendez-vous aient lieu à Cambridge, où il avait jadis décroché un doctorat de sciences avant d'échouer malencontreusement dans une université mineure du nord du pays. Cambridge lui tenait énormément à cœur. Il avait lourdement insisté. Mais sachant que les quatre années qu'il y avait passées augmentaient considérablement les chances d'une mauvaise rencontre (si les choses peuvent mal tourner, dit-on dans notre profession, eh bien, elles le feront !), j'avais catégoriquement refusé. En fin de compte un compromis fut trouvé, et nous nous rencontrions quatre fois l'an à Oxford, qui n'entre certes pas dans la même catégorie que

Cambridge, comme Loriot aimait à me le répéter, mais dont les vénérables édifices et les flèches gothiques lui rappelaient néanmoins sa Cambridge chérie, tout en le changeant des mornes briques de l'université sans cachet où il occupait à présent – brillamment, certes, mais sans panache aucun – la chaire de physique nucléaire.

Afin de réduire encore plus les risques, je gardais toujours sous la main un agenda universitaire, et je planifiais nos rendez-vous clandestins de manière à ce qu'ils tombent lors des vacances, quand les corps professoral et estudiantin cédaient la place aux touristes. Bien sûr, Loriot n'était pas dupe. Il savait pertinemment à quoi visaient toutes mes jongleries éphémérides. Il se prêtait néanmoins de bonne grâce au jeu, d'autant que je lui donnais ainsi l'occasion de jouer au professeur oxbridgien devant un parterre de profanes.

Quand j'arrivais au pub où je lui avais fixé rendez-vous, je le voyais déjà attablé devant une pinte, tassant le tabac de sa pipe d'un index noirci et arborant un air des plus satisfait. Loriot était toujours de bonne humeur. Une bonne humeur contagieuse, qui me faisait dire qu'il aurait fait un excellent traitant. Et quelle que soit la saison, Loriot portait toujours sa veste de tweed et ses pantalons de flanelle grise. Il appartenait à cette école de pensée pour qui la laine était un don du ciel aux Anglais, assorti au climat qu'on avait jugé bon de leur octroyer ; l'école de pensée pour qui le lin et le coton étaient plus appropriés à une éventuelle incursion dans les colonies ou à une virée en Toscane (et, dans son cas, à des vacances bien méritées dans une datcha au bord de la mer Noire).

C'est au moment où il insistait pour payer sa tournée que je me rendais compte à quel point Loriot avait adopté les us et les coutumes des Anglais. Le comptoir d'un pub est en effet l'unique endroit, dans ce pays, où l'on vend quelque chose sans qu'une queue se forme immanquablement. Car, comme le remarquait très justement George Mikes, un Anglais, même quand il est seul, ne peut pas s'empêcher de former une queue bien disciplinée d'une personne. Pas au pub, cependant. Au pub, les Anglais désireux de se faire servir se pressent autour du comptoir d'une manière tout à fait désordonnée. Et pourtant, même là, la queue – cette vénérable institution britannique – existe bel et bien. Elle est peut-être invisible, mais elle n'en est pas moins réelle, et tant le barman que les clients sont conscients de la place que chacun y occupe. Tout le monde, en réalité, sait à qui est le tour.

C'est alors que l'anglicité de Loriot s'exprimait le mieux. D'un coup d'œil il percevait la queue invisible et il y prenait naturellement sa place. Il se livrait ensuite à une truculente pantomime dont le but était d'accrocher le regard du barman. Car il n'était pas question pour lui de héler ce dernier ou d'attirer bruyamment son attention en tapotant sur le comptoir à l'aide d'une pièce de monnaie. L'aurait-il fait qu'il se serait disqualifié aux yeux de tous comme un étranger. Tout au plus soulevait-il donc nos pintes vides en les secouant doucement, et une fois qu'il avait accroché le regard du barman, un infime haussement du sourcil, une légère avancée du menton, et le tour était joué : sa place dans la queue se trouvait confirmée, tout comme l'était son statut d'autochtone.

Fort de quoi Loriot sacrifiait à un autre rite des pubs anglais : il offrait un verre au barman. Les vulgaires pourboires étant exclus dans la mesure où ils suggèrent un rapport de sujétion, cette coutume insulaire perpétue en réalité le mythe de l'égalité illusoire entre le barman et le client (ou, dans le cas particulier de Loriot, le mythe de l'égalité illusoire entre lui et le barman). Le barman remerciait alors Loriot pour son geste, et, un peu plus tard, quand ce dernier s'en était retourné à sa place, il se tournait vers lui, levait son verre, et trinquait à sa santé. Ce qui ne manquait jamais de ravir Loriot, mais qui m'irritait au plus haut point, d'autant que Loriot ne réussissait, ce faisant, qu'à attirer indûment l'attention sur nous.

L'insistance de Loriot à vouloir sacrifier à cette coutume anglaise m'agaçait donc, mais je laissais faire car je me rendais compte qu'elle participait de la même logique qui avait fait de lui un communiste, puis un agent du Centre. Car si Loriot était devenu marxiste, c'était moins par amour pour Marx l'Allemand que pour l'amour de Cambridge l'Anglaise. Cette université, aimait-il à me rappeler, devait son existence à la contestation. N'avait-elle pas été fondée au XIIIe siècle par des clercs entrés en dissidence avec l'académie d'Oxford ? Et n'avait-elle pas été, avec Newton puis Darwin, le berceau du rationalisme dans un océan d'obscurantisme ? Et n'était-ce pas à Cambridge qu'Ernest Rutherford avait décortiqué la structure du noyau atomique, et là, aussi, que Crockford et Watson avaient séparé l'atome ? Et n'était-ce pas à Cambridge que l'élite de la jeunesse britannique des années trente avait épousé l'Histoire en marche en se mettant au service de la cause du Prolétariat ? A Cambridge, on le voit, Loriot avait été en excellente compagnie : tant côté sciences que côté matérialisme scientifique.

Et si Loriot était par la suite devenu un agent du Centre, c'était moins par amour pour la Russie que pour l'amour de l'Angleterre. Je m'étais souvent demandé ce qui avait pu le pousser à trahir ainsi son pays d'adoption pour se mettre au service de l'Union soviétique. Après tout, un Britannique d'origine pakistanaise s'évertuant si évidemment à singer les Anglais n'aurait pas dû tomber dans l'escarcelle du Centre. Longtemps j'avais trouvé cela étrange. Jusqu'à ce que je me rende compte que la traîtrise était la manière que Loriot avait d'être britannique. Loriot était en plein trip à la George Blake. En trahissant son pays, il suivait, comme Blake, l'exemple de Philby et des quatre autres Magnifiques, et il entendait de ce fait démontrer que la trahison faisait partie intégrante de l'ethos de l'establishment de cette nation insulaire. Loriot espionnait pour Moscou afin de prouver – afin de *se* prouver – qu'il était plus britannique que les Britanniques ne le reconnaîtraient jamais. Certes, il avait rejoint la partie un peu tard – quelque quarante ans trop tard. Et certes, sa peau était un peu trop foncée et son accent un peu trop chantonnant. Mais au fond de lui-même, Loriot demeurait persuadé qu'il était intrinsèquement britannique. Qu'il n'était pas, tout compte fait, un loriot brun de Nouvelle-Guinée.

Et c'est bien ce qui m'inquiétait. Car les Cinq Magnifiques avaient trahi pour la Nouvelle Jérusalem, et trois d'entre eux avaient fini leurs jours à Moscou, mais à présent qu'il était évident que cette Nouvelle Jérusalem ne verrait jamais le jour, et qu'une retraite en Russie n'était plus envisageable, Loriot risquait fort de se retourner contre moi.

Longtemps j'avais gardé sur lui un avantage parce qu'il me prenait pour modèle. Il était en effet persuadé que j'étais un Anglais. Ne l'étant pas lui-même, il n'avait jamais décelé l'emphase occasionnelle sur la mauvaise syllabe, ni le glissement accidentel vers une intonation qui, pour être nord-américaine, n'en était pas moins étrangère. En ce qui le concernait, j'étais la quintessence du gentleman anglais qui pousse cette quintessence jusqu'à la traîtrise. Comme les Cinq Magnifiques. Mais je ne savais pas jusqu'à quand je pourrais tenir auprès de lui ce rôle du gentleman traître. Je craignais en outre que mes appréhensions grandissantes quant à l'avenir du Centre ne finissent par ébranler l'image de cohérence que je m'efforçais encore de projeter vers lui, quand je ne serais plus en mesure de le contrôler.

8

Il n'y avait pas que Loriot qui me donnait du souci. Il y avait aussi Tourterelle. Aujourd'hui, le Centre a oublié jusqu'à l'existence de Tourterelle. Aujourd'hui, s'il y a un agent, en Angleterre, dont le Centre se déferait volontiers, c'est bien Tourterelle. Cela n'avait pourtant pas été toujours le cas.

Tourterelle n'était pas, à proprement parler, une espionne. C'était une Chuchoteuse : un agent d'influence. Elle n'avait pas pour mission de dérober des secrets. Elle avait pour tâche de chuchoter les mots qu'il fallait, dans l'oreille qu'il fallait, quand il le fallait. Pourtant, elle n'était ni journaliste, ni universitaire, ni intellectuelle. Pour tout dire, Tourterelle était une voyante. Une voyante de talent, très prisée des membres de l'establishment et du Gratin, et non des moindres.

Quelques années auparavant, lors d'un jamboree de la voyance qui se tenait à Delhi, Tourterelle s'était liée d'amitié avec un vieux mage tadjik qui officiait, à ses heures perdues, pour le Centre. La tentation avait été grande, à l'époque, de saisir cette occasion au vol afin de programmer dans le bon sens les chartes célestes, les boules de cristal et les tarots de Tourterelle. Le mage tadjik, s'était-on dit, pourrait faire usage de sa barbe blanche et de son halo lumineux afin de suggérer subrepticement à Tourterelle des choses qu'elle s'en irait à son tour suggérer à ceux parmi ses clients qui intéressaient surtout Moscou.

Ce plan audacieux fut cependant vite abandonné, les experts ayant statué que Tourterelle était trop imbue d'elle-même, et bien trop désireuse de croiser le fer avec le mage, pour se laisser manipuler par lui. Le mage tadjik poursuivit donc son travail mystique et ésotérique pour le compte d'un Centre aussi matérialiste que scientifique, Tourterelle continua à jouer à l'ange secourable auprès d'hommes politiques désorientés et de stars paumées, et les deux ne se retrouvèrent plus qu'à l'occasion des festivals internationaux de voyance. Entre l'une et l'autre rencontre, ils se contentaient d'échanger leurs vœux chaque fois qu'une étoile bienveillante ou maléfique entrait ou sortait de leurs chartes respectives.

L'affaire en resta là jusqu'au jour où un bouleversement radical intervenu dans la vision du monde de Tourterelle persuada les pontes du Centre que le moment était venu de la recruter. Que le moment était propice leur fut d'ailleurs confirmé par les prédictions du mage tadjik sur l'opération. Le mage en question avait croisé Tourterelle à une conférence à Bali, et il l'avait trouvée bien changée. Elle lui était apparue étrangement hésitante et manquant de confiance en elle. Quand il avait voulu en savoir plus (non par curiosité tchékiste malsaine, mais par pure sympathie magicienne), elle lui avait appris qu'elle était tombée amoureuse, et que l'objet de son adoration l'aimait éperdument en retour. Tout devin qu'il fût, le mage tadjik ne devinait pas pourquoi, ayant enfin trouvé le bonheur, Tourterelle était si abattue. Et pourtant, elle l'était. En dépit d'une union terrestre des plus heureuse, elle voyait, semble-t-il, dans la passion qui la consumait une véritable malédiction. L'amour, qui unit ce qui était désuni et désunit ce qui était uni, aurait, à l'en croire, rompu le lien intime qu'elle entretenait avec le cosmos, la plongeant dans le chaos. Tourterelle avait jusqu'ici fait un avec les étoiles, mais son amour pour un humain avait apparemment déplu aux astres. Elle n'arrivait plus à lire dans le ciel. Elle était, comble de l'ironie, dépassée par les événements. Elle ne savait plus prédire l'avenir à ses clients, et elle se voyait contrainte de leur ressortir des visions réchauffées de leur futur : des visions datant d'avant la Chute. Tourterelle était aux abois. Elle avait besoin d'aide. Et elle en avait besoin urgemment.

Pour le Centre, ce fut une véritable aubaine. Plus de risque d'un bras de fer, et plus de duel à craindre entre le mage et Tourterelle. Entre eux, la relation serait désormais de maître à disciple. Le mage serait Merlin, et Tourterelle Morgane. A charge, pour le Centre, de s'assurer que Merlin continuerait à avoir le dessus sur Morgane. Le mage tadjik promit donc d'aider Tourterelle à retrouver sa clairvoyance perdue, et elle, en échange, consentit à déballer devant lui – et à travers lui devant le Centre – tout ce qu'elle savait sur ses estimables clients, sur leurs craintes, leurs faiblesses, leurs espoirs et leurs ambitions.

Terrifiée à l'idée d'avoir perdu ses pouvoirs, Tourterelle devint à tel point tributaire du mage qu'elle ne se rebiffa même pas quand ce dernier lui annonça quelque temps plus tard que, pour diverses raisons qu'il ne prit pas la peine de lui préciser, il ne pourrait plus la voir régulièrement, et qu'il souhaitait désormais communiquer avec elle par mon entremise.

C'est ainsi que je rejoignis le club très sélect des clients triés sur le volet de Tourterelle, et que j'entrepris de faire fonction de rupteur entre elle et les étoiles, plus précisément entre elle et l'Etoile rouge. Après quoi Tourterelle puisa son inspiration auprès du mage, le mage puisa la sienne auprès du Centre, je fis office de messager des dieux, et les clients de Tourterelle furent encouragés à faire telle ou telle chose, ou mis en garde contre telle ou telle autre, en fonction des intérêts inavoués de Moscou et de ses projets inavouables.

Ce fut d'ailleurs un franc succès. Un membre de la famille royale assailli par un rêve prémonitoire sur l'Armageddon fit une déclaration inattendue contre l'arsenal nucléaire américain déployé dans l'Ile une fois que Tourterelle lui eut livré son exégèse onirique, revue et corrigée par le Centre. Un ministre qu'elle alerta contre « un lutin vivant de l'autre côté de l'eau » rata une occasion en or d'arriver à un règlement pacifique du conflit en Irlande du Nord. Un député conservateur, averti par elle contre les gens qui prononcent le « *u* », prit la tête d'une révolte parlementaire contre l'axe Paris-Bonn. Un mandarin du Foreign Office, féru de numérologie, refusa l'offre de services d'un célèbre expert en relations internationales, anti-soviétique notoire, après que Tourterelle lui eut précisé que ses nombres étaient de mauvais augure. Et un haut dignitaire de l'Eglise anglicane officiant à Oxford, bouleversé par une vision cauchemardesque de minarets et de Maures enturbannés envahissant la cité aux Flèches songeuses, prit publiquement position contre les moudjahidin afghans que l'Occident appuyait pourtant contre les Soviétiques.

Oui, ce fut un franc succès. Cela marcha, en fait, aussi longtemps que le Centre eut des messages à transmettre, et des comptes à régler. Mais quand, après la chute du Mur, le Centre perdit, et la volonté de se battre, et le doux goût de la vengeance, il perdit aussi tout intérêt pour Tourterelle, et les orientations ésotériques du mage s'asséchèrent aussitôt.

Je me souviens d'un temps où Tourterelle avait encore plus d'importance, aux yeux du Centre, que Corbeau ou Héron. Je me souviens d'un temps où le Centre tenait tellement à Tourterelle que j'avais fini par croire que le bien-être de l'Union et l'avenir de la Révolution dépendaient des messages ésotériques que Koukouchka me chuchotait et que je chuchotais à mon tour à son oreille, à charge pour elle de les amplifier et de les faire essaimer. C'était le temps où le Centre pouvait encore lire dans les pensées du gouvernement britannique et prédire ce qu'il voulait faire. C'était le temps où Tourterelle, et d'autres Chuchoteurs comme elle, avaient reçu pour mission d'infléchir la politique des puissances occidentales. C'était dans les dernières années de la Guerre froide, quand le Bloc socialiste, désormais incapable de rivaliser avec le monde capitaliste, faisait usage de la presse libre et de la démocratie libérale afin de retarder, autant que faire se pouvait, le moment où le camp capitaliste le supplanterait. C'était du temps de l'âge d'or du Centre, quand l'Union ressemblait encore à l'Union, et quand nos dirigeants, à défaut de savoir ce qu'ils voulaient, savaient encore ce qu'ils ne voulaient pas, et imploraient le Centre de jeter un voile pudique sur leurs carences et d'enjoliver les inepties de leurs Gosplans surréalistes.

Puis le Mur tomba, et le Kremlin, qui ne savait déjà plus ce qu'il voulait, ne sut même plus ce qu'il ne voulait pas. Puis l'Union s'écroula, et Moscou ne chercha plus ni à contrer la politique occidentale ni même à l'infléchir. Puis la Nouvelle Russie émergea, et cette Russie-là n'avait pas la moindre idée de ce qu'elle voulait obtenir de l'ennemi d'hier. Le Centre ne fut alors plus en mesure de trouver les mots qu'il lui fallait chuchoter à l'oreille qu'il fallait, à supposer même que cette oreille-là lui fût encore attentive. Après avoir d'abord agi, puis réagi, le Centre se contentait maintenant de faire l'éponge, acceptant tout passivement, indifféremment, tel un gros trou noir reconnaissant.

Du coup, Tourterelle se retrouva au chômage. Pourtant, ses besoins divinatoires n'avaient pas changé. Sa dépendance à l'égard du mage tadjik – et, par-delà, à l'égard du Centre – était même plus grande que jamais. Mais le Centre ne pouvait plus l'aider. Il ne me restait donc plus qu'à la barrer moi-même du mieux que je pouvais. De rupteur entre elle et le Centre, j'étais devenu une interface entre elle et les astres. Et c'est ce qui m'effrayait. Car j'étais comme le Centre : je ne savais plus à quel usage je devais désormais l'employer. Et je me rendais compte qu'à défaut, elle finirait par m'échapper.

Plus je pensais au suicide d'Alouette et de Martinet, plus je m'enfonçais dans mes propres doutes, et plus je me disais qu'il fallait surtout me garder de Tourterelle et de Loriot. Je les serrais donc tous deux de près.

Mais la menace, quand elle fondit sur moi, me prit totalement au dépourvu.

9

Je me lamentais sur la mort de l'Union soviétique quand Corbeau vint faire toute une histoire à propos de l'effondrement du régime raciste de Pretoria. Je pleurais la fin de la dictature du prolétariat quand Corbeau s'insurgea contre le démantèlement du régime de l'apartheid. Des années durant j'avais traité Corbeau en jouant de ma peau blanche et de mes yeux clairs. Des années durant je m'étais goulûment nourri de son ressentiment à l'égard du gouvernement britannique, et des démocraties molles qu'il accusait d'avoir trahi la race blanche. Et le voilà qui brandissait son club de golf agressivement devant moi, en me vilipendant pour avoir accepté de remettre le pouvoir aux Noirs. C'est que Corbeau n'était pas un communiste. Loin de là. Il n'avait donc aucune raison de se désoler du triste sort de l'Union. Corbeau était en réalité un recrutement faux-drapeau. En trahissant son pays, Corbeau croyait contribuer à l'avancement de sa race. C'était l'idée qu'il se faisait du fardeau de l'Homme blanc. Idée que le Centre avait judicieusement mise à profit.

Corbeau, qui dirigeait une entreprise d'électronique accréditée auprès du ministère de la Défense britannique, avait été repéré par un traitant du Centre au dix-neuvième trou d'un parcours de golf kenyan. Ce traitant soviétique prétendait s'appeler De Jong et être sud-africain, il était aussi à l'aise avec son whisky qu'avec son fer, et il avait montré à Corbeau, entre deux verres, des photos de sa femme, de ses trois enfants, de ses deux bergers allemands, et de sa maison de Bloemfontein. A l'époque, le régime de Pretoria venait d'être blackboulé par Londres et mis au ban des nations, et le sang de Corbeau n'avait fait qu'un tour sous sa peau blanche. De Jong joua sur cette corde. Il rappela à Corbeau que ce n'était pas la première fois que l'Angleterre trahissait sa propre race. Il lui parla des camps de concentration où l'armée britannique avait jadis parqué et exterminé ses ancêtres afrikaners. Et il lui décrivit longuement le Grand Périple, l'exode des Boers fuyant le joug anglais. De Jong n'eut même pas à le cueillir. Corbeau était fin prêt et lui tomba dans la main. De Jong dut même calmer ses ardeurs, puisque très vite Corbeau proposa de lui fournir les composants électroniques que l'Afrique du Sud ne pouvait plus importer pour cause d'embargo. Reconnaissant, De Jong lui assura que les schémas et les spécifications techniques feraient tout aussi bien l'affaire, sinon mieux.

Une grande amitié naquit ainsi entre cet Anglais aux

allures de paysan slave qui se prenait pour un colon, et ce Slave soviétique qui se disait colon. Cette amitié se renforça au fil des mois, à l'occasion de rencontres apparemment fortuites sur des golfs africains, arabiques et caraïbes, quand De Jong faisait de son mieux pour améliorer le handicap de Corbeau, et Corbeau sans le savoir de son mieux pour parfaire la connaissance que Moscou avait de l'industrie de défense et de l'arsenal militaire britanniques.

Puis le jour arriva où l'entreprise de Corbeau fut missionnée sur un programme pluriannuel géré par la Royal Air Force. Le Centre décida alors sagement que les tournées fréquentes de Corbeau en quête de fairways exotiques risquaient de ne plus passer inaperçues, d'autant que son jeu désastreux ne justifiait ni tous ces voyages ni toutes ces dépenses. Sur les conseils avisés d'un Centre ventriloque parlant par la bouche sud-africaine de De Jong, Corbeau troqua donc les parcours ensoleillés d'outre-mer pour ceux, plus humides et plus gris, de son Angleterre natale, De Jong lui fit ses adieux, et je fis mon entrée sur le circuit.

Je suivis Corbeau sur tous les golfs insulaires, supportai en silence son sale caractère, fermai les yeux sur ses tricheries, fis la sourde oreille à son langage ordurier, et prétendis être terrorisé par son pitbull vociférant. Je n'avais pas le choix : Corbeau était l'enfant chéri du Centre. L'Armée rouge, en particulier, craquait pour lui, et le Centre, tout heureux à l'idée de damer le pion à ses rivaux du Renseignement militaire, le cajolait de son mieux. D'ailleurs, à l'époque où j'héritai de lui, les Américains venaient de mettre leurs billes aux côtés des billes britanniques dans le programme de recherche et de développement sur lequel l'entreprise de Corbeau travaillait, et Moscou, déjà ravi de partager les mystères de l'avionique de bord des chasseurs-bombardiers de Sa Majesté, n'en fut que plus agréablement surpris par cette aubaine transatlantique.

Corbeau en vint alors à symboliser le phagocytage soviétique de la relation spéciale anglo-américaine, et la vampirisation bolchevique de la politique des mains tendues par-delà l'océan. Chacun des grands parcours de golf insulaires devint synonyme de secret dérobé : à Muirfield, ce furent les noms de tous les ingénieurs travaillant sur le programme ; à Sunningdale, la liste de tous les sous-traitants ; à St. Andrew's, les desiderata techniques du Pentagone ; à Stoke Poges, la percée technologique sur le radar ; à Foxhill, les premières tentatives américaines pour mettre la main sur le projet ; à Turnberry, les plans de révision à la hausse du budget ; et, plus récemment, pour fêter comme il le fallait l'inauguration du nouveau golf huppé de Bowood, Corbeau m'avait narré, dans le détail, la capitulation britannique devant le grand frère américain. Nul doute que cette manne inespérée aurait continué à se déverser sur Moscou, n'eût été le démantèlement du régime de l'apartheid, que le Centre n'avait pas su anticiper.

Trois mois s'étaient écoulés depuis la mort d'Alouette et de Martinet, trois longs mois de silence de la part de Koukouchka. J'étais allé retrouver Corbeau à Sunningdale, et il lui avait fallu dix-huit trous et une bonne centaine de swings aussi rageurs que maladroits pour vider son sac et dégorger sa bile. Une liquidation, il avait appelé cela. Une vraie braderie ! D'abord la Rhodésie, et maintenant ça ! Du sabordage ! Les sacrifices de plusieurs générations de pionniers jetés aux chiens ! Le travail de toute une vie, aux chiottes ! Tous les secrets qu'il avait livrés sans compter, donnés en pâture aux Nègres, et peut-être demain aux communistes chinois !

Quelle ironie, me disais-je. Les mensonges du Centre me rattrapaient de toutes parts. Bien sûr, je tentai de le raisonner. Ce n'étaient là que des changements cosmétiques, lui dis-je. Vos secrets sont à l'abri, lui jurai-je. Le domaine de la défense resterait la chasse gardée des Blancs, lui promis-je. Mais Corbeau refusait de se laisser apaiser. Nous devons nous ajuster à la nouvelle donne internationale, lui dis-je aussi. Le monde libre n'a plus besoin de nous pour contrer l'Union soviétique, lui expliquai-je. Nous devons séduire le continent noir et le prendre par la ruse, rusai-je avec lui. Bientôt les régimes africains ne tiendront que grâce à nos mercenaires, professai-je à son attention. Nous ne donnons le pouvoir aux Noirs que pour mieux contrôler toute l'Afrique, me vantai-je, faisant, devant lui, mon petit numéro du stratège qui ne reculerait que pour mieux sauter.

Je fis de mon mieux, ce jour-là, mais ce ne fut pas

suffisant. Corbeau refusait toujours de se laisser convaincre. Il m'accusa même d'être un laquais du grand capital, et de sacrifier les valeurs de la race blanche pour faire plaisir à De Beers et à toute la racaille friquée qui ne rêve que de main-d'œuvre nègre bon marché. Sa fureur était telle qu'il en oublia de tricher, et j'eus toutes les peines du monde à me rappeler, en fin de partie, que je devais le laisser gagner.

Sa victoire sur le parcours ne le calma pas pour autant. Refusant mon offre obséquieuse de lui payer un verre au club-house, il partit en fulminant vers le parking, et je lui emboîtai servilement le pas.

Où diable est De Jong ? aboya-t-il en jetant ses clubs à l'arrière de son break banlieusard. J'exige de voir De Jong, ordonna-t-il. Reconnaissant ma défaite, je dus lui promettre, entre deux poussées sonores de Thor, son pitbull adoré, qu'il avait enfermé dans la voiture et qui semblait partager son ire à l'égard de ces capitulards du Parti national sud-africain, que De Jong serait bientôt là.

Sitôt après l'avoir quitté, je me précipitai afin de vérifier la marque à la craie à Hampstead Heath. Mais le réverbère restait désespérément lisse. Passant outre, je m'aventurai jusqu'au socle fendu de la statue victorienne qui nous servait de boîte aux lettres morte, Koukouchka et moi, l'examinant d'abord furtivement, ensuite avec toute l'intensité de mon désespoir. Votre enfant chéri perd les pédales, chuchotai-je à la boîte vide. Il veut écrire au ministère de la Défense à Pretoria. Il veut organiser un sit-in devant le Haut-Commissariat sud-africain à Londres. Il menace ma sécurité et celle de mes agents, lui murmurai-je. Appelez De Jong à la rescousse, l'implorai-je. Dites à De Jong de ramener sa fausse dégaine de surhomme et de venir le rassurer. Dites-lui de rappliquer avec ses cheveux blonds et ses yeux bleus d'Aryen pour le cajoler. Dites-lui de venir le baratiner avec son accent traînant de Bloemfontein. Dites-lui de venir lui promettre un tour guidé de l'Etat libre d'Orange. Mais rien ! La boîte aux lettres morte était aussi morte que peut l'être une boîte aux lettres morte. Morte, et mortelle ! Koukouchka avait rongé le cordon ombilical, me laissant seul maître de mes décisions.

Ce furent les appels de Corbeau qui précipitèrent finalement ma décision. Ses appels incessants, ses appels de plus en plus pressants, et aussi cette image, que je gardais gravée en moi, d'Alouette et de Martinet disparaissant sous ce train qu'ils avaient passé leur vie à guetter innocemment.

10

ETENDU sous les arbres dans mon accoutrement d'ornithologue, j'avais une vue d'ensemble de la copie étriquée de Muirfield qui servait à Corbeau de terrain d'entraînement les jours de semaine. Cela faisait plus de deux heures que j'attendais, et toujours pas de Corbeau en vue, mais je ne me souciais pas pour autant. C'était une belle matinée de printemps dans le Surrey, et je savais que Corbeau aimait golfer durant les heures de bureau, quand il pouvait disposer, et du parcours, et du personnel, à sa guise.

Peu après dix heures, je vis enfin à travers mes jumelles un buggy à auvent remonter vers le tee numéro un, quelque trois cents mètres plus bas. J'aperçus ensuite Corbeau émerger du club-house, tenant en laisse son chien surexcité. Le caddy boy se tenait à distance respectable du couple infernal et devait prier secrètement que Corbeau lui donne son congé, mais je ne partageais pas sa crainte. Je me disais que Corbeau se passerait rapidement de ses services afin de pouvoir, plus tard, lâcher son monstre sur le parcours, histoire de se faire pardonner l'enfermement statutaire qu'il lui imposait à Sunningdale.

Effectivement, après le premier swing, Corbeau et le chien sautèrent dans le buggy et se dirigèrent seuls vers le green numéro un. C'est alors que je pris vraiment conscience de ce que je m'apprêtais à faire. Jusqu'ici, mon projet avait représenté quelque chose d'abstrait : une scène fictive dans un scénario virtuel que j'avais certes écrit, mais que je pensais pouvoir encore modifier à ma guise. Jusqu'ici je m'étais surtout inquiété des détails de mon plan. Je m'étais inquiété qu'on ne remarquât pas la moto que j'avais laissée de l'autre côté du bois ; que quelque ornithologue de bon aloi ne vînt lier conversation avec moi ; que le pitbull de Corbeau ne se révélât plus dur à cuire que je ne l'avais envisagé ; que Corbeau ne réagît pas comme je l'avais escompté. Jusqu'ici, je m'étais surtout inquiété que mon plan ne tournât mal. Mais quand je vis Corbeau en chair et en os, et non comme une image relayée par les lentilles de mes jumelles, toutes les craintes que j'avais pu avoir pour mon plan disparurent, et ce fut mon plan qui m'effraya. Soudain la vue de Corbeau me fut insupportable et mes yeux le quittèrent pour se poser sur le bosquet d'en face. Ils s'y attardèrent, refusant obstinément de revenir sur Corbeau et s'entêtant à scanner les arbres et le ciel. A ma grande surprise ils réussirent même à accrocher un merle à plastron, et je me demandai ce que ce migrateur pouvait faire si près des zones urbaines. C'est l'herbe rase qui l'y aurait attiré, me dis-je. L'espace d'un instant, je ne fus plus un espion. L'espace d'un instant, je fus réellement un ornithologue. J'étais à deux doigts de quitter les lieux pour aller faire le siège de Koukouchka jusqu'à ce qu'elle consente à rompre son silence morbide et daigne me dire ce qu'il me fallait faire. Je transpirais à grosses gouttes. J'étais en eau sous ma parka. Je baignais dans ma peur. Je sombrais dans le doute. Puis j'aperçus un épervier planant au-dessus du bosquet, et la vue de cet oiseau de proie me rappela qu'il n'y avait pas, dans ce monde, que des merles, des rossignols, des alouettes et des pinsons. J'entendis ensuite le chien de Corbeau aboyer agressivement et sans raison apparente, juste pour le plaisir. Tous mes doutes s'évanouirent alors, et je sus que la scène que j'avais imaginée n'était pas fictive. Je sus qu'elle serait ce qu'elle devait être.

Quand Corbeau fut arrivé au tee numéro trois, les arbres le cachèrent momentanément. Je l'entendais néanmoins se démener dans les buissons, et j'en conclus que sa balle avait dû échouer dans le rough. Je fus donc surpris de le voir à nouveau très vite sur le parcours. De toute évidence, même quand il jouait seul, même quand il était censé s'entraîner, Corbeau ne pouvait s'empêcher de tricher.

Quand il eut atteint le tee numéro cinq, il jeta un coup d'œil autour de lui, s'assura qu'il n'y avait personne alentour, et finit par lâcher son chien. Ce dernier s'en alla fêter sa liberté retrouvée en arrosant les limites septentrionales de son territoire à coups de jets urinaires savamment dosés. Puis il dut me sentir, car il s'immobilisa soudain en reniflant dans ma direction, l'air de dire qu'il avait perçu l'intrus et qu'il était déterminé à défendre chèrement son fief. Tirant alors de mon ceinturon l'un des deux couteaux que j'y avais glissés, je rampai à reculons dans les fourrés en faisant juste assez de bruit pour l'intriguer. Il m'entendit et, après un court instant d'hésitation, il s'aventura au-delà de sa frontière en me pistant précautionneusement.

Aussitôt qu'il fut dans le bois, je me relevai d'un coup, m'offrant clairement à sa vue. Dès qu'il me vit, il se lança à ma poursuite. Il finit cependant par s'immobiliser à quelques mètres de moi et se mit à aboyer. Corbeau était apparemment trop pris par son jeu pour lui prêter attention, mais moi, je n'aimais aucunement ces aboiements. J'aurais de loin préféré l'entendre grogner. Me baissant, je ramassai donc une pierre et la lui lançai. Elle le frappa au dos avec un bruit sourd, mais en guise de représailles il se contenta de faire un écart pathétique et de pousser un glapissement inattendu. La réputation de ce pitbull est surfaite, me dis-je, ou ce sont mes glandes surrénales qui ne sécrètent pas assez de phéromones de peur.

Il aboyait de plus belle, maintenant, mais il n'avançait toujours pas. Il commençait à m'agacer sérieusement. Tout comme il devait agacer son maître, d'ailleurs, puisqu'on pouvait à présent l'entendre gueuler : « Thor !

Thor ! » Encore un coup raté à mettre sur le compte du chien, me dis-je.

J'attendis une autre minute que Thor se décidât, puis je perdis patience. Je ne voulais surtout pas voir Corbeau rappliquer avant que j'aie eu le temps de neutraliser son chien. Alors, pour compenser ma carence en phéromones craintives, je lui tournai le dos et me mis à courir. Effectivement, aussitôt qu'il me vit fuir, le chien en oublia sa peur et se lança à mes trousses. C'était ce genre de chien.

Il était sur mes talons quand je m'arrêtai net et lui fis face, genou droit à terre et avant-bras gauche en bouclier. Il fonça droit sur le radius que je lui présentais, ancrant résolument ses crocs dans l'épaisseur de manche de ma parka matelassée. C'est alors que je lui enfonçai mon couteau dans le ventre. Il carburait encore à l'adrénaline et il maintint sa pression quelques instants comme si de rien n'était, puis l'étonnement dut l'envahir, une soudaine faiblesse aussi, la pression que sa mâchoire exerçait sur mon bras se relâcha, ses grognements se murent en gémissements, et il finit par s'étaler par terre en basculant de gauche à droite et de droite à gauche comme une grosse tortue retournée. Le laissant là, le couteau planté dans le corps, je m'en fus dans un fourré tout proche le regarder agoniser.

Plus tard, des mois et des mois plus tard, j'en vins à me dire – non sans une certaine honte – que, pitbull ou pas, un Anglais n'aurait jamais poignardé ce chien. Et je mis ma gêne au compte de mon anglicité.

Thor avait fini par se taire, mais Corbeau, apparemment plus inquiet de son silence présent qu'il ne l'avait été de ses aboiements, s'était à son tour mis à aboyer – « Thor, Thor » –, d'abord furieusement, puis sur un ton de plus en plus anxieux. Ne voyant toujours pas Thor revenir, il l'avait ensuite suivi dans le bois.

Quand je l'aperçus, il tenait à la main un sand-wedge – un fer court – qui me fit penser qu'il avait dû égarer sa balle dans le sable d'un bunker. « Thor », cria-t-il en voyant son chien inerte. « Thor », implora-t-il en s'agenouillant auprès du cadavre chaud. « Thor », hurla-t-il en retirant la lame que j'y avais laissée à dessein. Tenant toujours le sand-wedge d'une main et le couteau sanglant de l'autre, il jeta autour de lui un regard où la colère se mêlait à la crainte. Maintenant, me dis-je. Sortant du fourré où j'étais tapi, je me mis à courir à sa vue, répétant avec lui le stratagème que je venais d'employer avec son chien. Il m'aperçut. Il aperçut en fait une silhouette furtive, et de toute évidence très désireuse de lui échapper. « Arrêtez, hurla-t-il. Arrêtez ! » C'était le moment de vérité. Je voulais l'entraîner à l'intérieur du bois. Un court instant il y eut comme un flottement, et je me dis que la peur que je venais de lire dans ses yeux allait l'emporter sur sa colère ; qu'il allait prendre ses jambes à son cou et foncer au club-house chercher de l'aide. Ce qui m'obligerait à lui courir après pour l'attaquer à l'orée du bois, ou, pire, en terrain découvert. Mais j'avais bien jugé mon homme. Corbeau était massif, et il était armé d'un couteau, et d'un club de golf tout aussi mortel. Le meurtrier de son chien, par contre, avait apparemment perdu son arme, et il s'enfuyait. Un vagabond, sans doute. Sa fureur prit donc le dessus sur sa peur, et il se lança à la poursuite de l'assassin de Thor.

Aussitôt que je me fus assuré qu'il me suivait, je ralentis l'allure. Corbeau avait cessé de hurler, maintenant. Il sentait sa proie à portée de main. Il se préparait pour la curée. Nous avions atteint un endroit du bois où les arbres se touchaient presque quand je m'arrêtai brusquement pour lui faire face, les mains nues. « Vous ? s'étonna-t-il. Vous ! » Il ne savait plus quoi penser. Peut-être se disait-il que ses amis sud-africains mettaient la pression sur lui, le punissaient pour son petit numéro de prima donna à Sunningdale, tuaient son chien en guise d'avertissement. « Sale ordure », hurla-t-il en se jetant sur moi, le couteau dans une main et le fer dans l'autre. Bien sûr, il aurait déjà dû lâcher son club. Parmi ces arbres touffus, il ne lui était d'aucune utilité. Il gênait même ses mouvements. J'en profitai pour lui saisir le poignet droit. Incapable de faire usage de son couteau, il se servit alors de la seule arme qui lui restait : sa tête au cou massif. Se débarrassant enfin du fer qui l'encombrait, il me donna un coup de bélier dans la poitrine et se laissa lourdement tomber sur moi, espérant ainsi m'immobiliser et reprendre l'avantage. Mais alors qu'il pesait sur moi de tout son poids, j'empoignai mon second couteau et le lui enfonçai dans le côté, remuant la lame et la bougeant au hasard, comme le ferait quelqu'un de peu habitué au maniement des armes. Cela devait ressembler à un homicide, pas à un travail de pro. Ce n'est pas l'industriel de défense qui devait mourir – sa mort aurait suscité trop de questions –, mais le propriétaire irascible d'un chien qui ne l'était pas moins. Je touillais ma lame dans les chairs de Corbeau, et j'imaginais la nouvelle relatée dans la rubrique des faits divers : un pitbull féroce s'attaque à un vagabond ; le vagabond prend le dessus et tue le pitbull ; le propriétaire du pitbull se lance à la poursuite du vagabond ; il s'ensuit une altercation qui se termine par la mort du propriétaire du pitbull. Titre : Mort subite sur un terrain de golf.

Affalé sur moi, Corbeau avait fini par lâcher son couteau, mais je continuais à m'agripper à la lame que je venais d'enfouir en lui. Je m'y agrippais, et je retenais mon souffle. Je retenais mon souffle comme si j'avais voulu retenir le temps. Comme si j'avais voulu revenir en arrière. Comme si j'avais voulu me convaincre que rien de tout cela n'était arrivé. Que j'avais imaginé, et seulement imaginé, le meurtre de Corbeau. Je fermais les yeux, et j'imaginais. Je n'étais plus dans le Surrey, mais sur la plage, à Sotchi, et cette lame n'était pas une lame mais une truelle, et Corbeau n'était pas fait de chair et de sang, mais de sable et d'eau. Je fermais les yeux, et j'imaginais. Je n'étais plus dans ce bosquet anglais, mais dans la datcha de mes parents, et ce n'étaient pas des tissus humains que je triturais, mais de la pâte à modeler que je pétrissais en regardant ma mère pétrir ses sculptures. Je fermais les yeux, et je ne bougeais plus. J'aurais voulu rester ainsi à jamais, baignant dans la chaleur de Corbeau, mes lèvres collées à sa peau, me berçant du rythme de plus en plus lent du sang qui battait encore dans sa carotide, me répétant que ce corps chaud était bien vivant et le resterait, retardant, encore et encore, le moment où, retirant ma lame, la réalité me rattraperait.

Je grelottais. La chaleur de Corbeau ne me réchauffait plus. Je suffoquais. Le souffle court et saccadé de Corbeau ne me rassurait plus. Poussant un cri hargneux, je retirai brutalement ma lame et le rejetai violemment loin de moi. Il bascula alors docilement sur le côté et resta là, recroquevillé, tenant sa blessure des deux mains et regardant son sang noirâtre suinter entre ses doigts épais. Haletant, hagard, je m'accroupis auprès de lui, mon couteau souillé toujours à la main, regardant ailleurs, regardant partout, regardant tout sauf lui. « Pourquoi ? demanda-t-il d'une voix chevrotante qui lui ressemblait si peu, et où l'horreur se mêlait à l'incompréhension. Pourquoi ? » Et dès qu'il eut parlé, Corbeau ne fut plus Corbeau. Dès qu'il eut parlé, Corbeau redevint un être humain, et j'aurais voulu réécrire toute cette scène. Sur l'instant, j'aurais tout donné pour pouvoir le faire. Dès qu'il eut parlé, je voulus lui demander pardon, lui jurer que c'était une erreur, le supplier de ne pas bouger, ôter ma parka et l'en recouvrir, lui faire un coussin douillet du feuillage du sous-bois, l'amener jusqu'à un médecin, lui acheter un autre chien. Mais cela ne dura pas. Car l'instant d'après je revoyais Alouette et Martinet plongeant sous le train. Et parce que j'en voulais à Corbeau d'être ce qu'il était, parce que je lui en voulais, surtout, de m'avoir contraint à l'assassiner, je ne lui épargnai rien. Parlant lentement, articulant même afin que ce moribond comprenne bien chacun de mes mots, je lui dis que De Jong était né à Kiev. Que De Jong avait été chez les Pionniers, puis chez les Komsomols, puis au Parti. Je lui dis que le plus près que De Jong eût jamais été de Bloemfontein, ce fut quand le Centre le dépêcha chez ses amis marxistes de Maputo. Pire encore, je lui dis qu'à Moscou son nom de code à lui était Corbeau. Corbeau ! Oiseau noir ! Noir ! Noir ! Noir !

Corbeau était peut-être anglais, mais il n'avait aucun sens de l'humour, et c'est un homme en colère que je regardai mourir ce matin-là.

11

Je venais de tuer un homme. Je l'avais fait pour préserver mon réseau : un réseau soviétique. Je l'avais fait pour éliminer une menace qui planait sur ma mission : une mission que le Parti m'avait confiée. Ce n'était pas l'espion qui avait tué Corbeau, mais le militant. Car si les agents de renseignement des pays capitalistes sont des *chpioni* – de vils espions –, nous autres, officiers du Centre, sommes, comme chacun sait, des *razvedtchiki* – des éclaireurs. Des guerriers de l'ombre chargés de missions dangereuses pour le compte du Parti, fer de lance des Soviets.

Pourtant, à en croire les journaux, la radio et la télévision, le Parti n'était plus au pouvoir à Moscou, et l'Union n'existait même plus. L'Union soviétique, à les en croire, avait cédé la place à la Fédération de Russie. Je pensais avoir tué Corbeau pour la Révolution, mais le fait est que je l'avais peut-être tué pour une nation. Que je l'avais peut-être tué pour la Russie.

J'ignorais néanmoins ce qu'était cette Russie. J'avais

été élevé par un père officier qui s'était battu contre le fascisme, non contre les Allemands, et par une mère artiste qui prônait une culture internationaliste libérée de toute contrainte nationale. Et j'avais grandi, non pas en Russie, mais dans les grands espaces asiatiques du Kazakhstan. La Russie ne me disait rien. Certes, je parlais le russe, mais des millions et des millions de Kazakhs, de Tatares, d'Ossètes, d'Abkhazes, d'Ingouches, de Tchétchènes, d'Arméniens et de juifs, le parlaient autant. Et certes, quand le Dynamo Moscou jouait en championnat d'Europe de football, je l'encourageais secrètement de mon exil londonien. Je ne le faisais cependant aucunement parce que le Dynamo était un club russe. Encore moins parce que c'était un club moscovite. Je le faisais parce que le Dynamo était, de fait, le club de la Tcheka : le club du Centre.

Non, je ne savais rien de cette nouvelle Fédération qui s'était substituée d'un coup de baguette magique à l'Union. Je venais pourtant de tuer un homme pour ce pays que je ne connaissais pas. Je venais d'accomplir un acte de foi aveugle en une patrie dont j'ignorais tout. Un acte irrémédiable qui ne trouverait sa justification qu'une fois que j'aurais appris à connaître la Russie, et surtout à m'y reconnaître. Je partis donc en quête de cette Russie-là de la seule manière qui s'offrait alors à moi.

12

NICHANT derrière une vitrine discrète de Curzon Street, Heywood Hill est une librairie londonienne pittoresque appartenant à un duc, pas moins, et proposant des ouvrages neufs comme anciens. Les livres s'y alignent sur les rayonnages sans logique apparente et sans ordre précis, selon un mode purement subjectif que seuls les libraires des lieux semblent maîtriser. De ce fait, il est impossible de se servir soi-même ou d'y acquérir quoi que ce soit sans engager la conversation. Il ne viendrait d'ailleurs jamais à l'idée des clients de Heywood Hill d'acheter un ouvrage sans converser, pas plus qu'il ne viendrait à l'idée des libraires de se contenter d'échanger en silence des livres imprimés contre des livres sterling. L'arrière-boutique, en particulier, est un véritable fouillis. Des bouquins hétéroclites s'y entassent le long des murs humides recouverts d'une peinture rouge – dite Heywood Hill Red – qui n'en finit pas de s'écailler et de se déposer sur les livres. Tant et si bien qu'on sait toujours quand un ouvrage vient de chez Heywood Hill : les petites particules rouges qui s'y incrustent l'identifient mieux que n'importe quel code barre informatique.

Très prisée des Aristos qui, après un passage par l'échoppe toute proche de Geo Trumper, s'en viennent, une fois rasés et pomponnés, se fournir en biographies dont ils raffolent, et en livres humoristiques et caustiques dont ils raffolent encore plus, Heywood Hill était aussi, depuis de nombreuses années, mon fournisseur attitré. Mon choix s'y était à l'origine porté à cause de mes amis du Gratin, et peut-être bien à cause du Service de sécurité dont le siège se trouvait être à une vingtaine de mètres. L'idée de tous ces Busards anglais s'agitant dans leurs alcôves mal aérées alors qu'un Illégal soviétique prenait le frais sous leur nez me titillait, je dois l'avouer. Tout comme me titillait l'idée que mon club de Pall Mall jouxtait le Traveller's, lieu qu'affectionnaient les espions de Sa Majesté. Il faut dire qu'à l'époque je ne me sentais nullement menacé. Je me créais donc des petites frayeurs bon marché, me convainquant que je serrais le vent de près alors que je me contentais de barboter dans une mer apaisée. Et quand, plus tard, j'appris que Heywood Hill comptait parmi ses augustes clients un auteur célèbre de romans d'espionnage, la jubilation que je ressentis à m'y rendre n'en fut que plus grande.

Peu après ma rencontre sanglante avec Corbeau, je me rendis donc chez Heywood Hill, y faisant main basse sur tous les ouvrages traitant de la Russie. L'art, la culture, la poésie, la littérature, la musique, l'architecture, la religion, la liturgie, l'histoire, la géographie, l'anthropologie, l'ethnologie : tout y passa. J'y achetai même des ouvrages sur le Centre, et des autobiographies de défecteurs soviétiques qui avaient commencé une nouvelle carrière dans le show-biz occidental. Je fis aussi le plein de Pouchkine, de Tolstoï, de Gorki, de Gogol, de Tchekhov, de Dostoïevski, d'Akhmatova, de Tsvetaeva, et de tous ces poètes et écrivains que j'aurais pu lire ou relire dans le texte, mais que je n'avais jusqu'ici jamais osé approcher, même en anglais, de peur de passer pour un russophile, et, par extension, pour un soviétophile.

Cette soudaine passion pour la Russie, qui, quelques années plus tôt, aurait pu paraître suspecte de la part de l'antiquaire du West End que je prétendais être, ne suscita d'ailleurs aucune curiosité malsaine. Preuve que les temps avaient bien changé. De toute évidence, pour les Anglais, la Russie évoquait désormais davantage l'aigle bicéphale que la faucille et le marteau ; elle leur rappelait davantage le sceptre du tsarisme que le spectre du communisme.

Je passai un bon mois à chercher dans les livres, et entre les lignes, cette âme russe qui était censée m'habiter. Je la cherchai partout, mais ne la trouvai nulle part. Et si je la trouvai, il faut croire que je ne m'y reconnus pas.

Je cherchai l'âme russe dans la race, mais j'appris que de grands chefs militaires russes, comme Koutouzov et

Toukhatchevski, étaient d'origine tatare. Que des hommes d'Etat russes, comme Boris Godounov et Boukharine, étaient des descendants de la Horde d'Or ; tout comme l'étaient des philosophes russes comme Tchaadaïev et Berdiaev, des écrivains russes comme Tourgueniev, Boulgakov et Akhmatova, et des compositeurs russes comme Rimski-Korsakov. J'appris de même que du sang turc coulait dans les veines de Rachmaninov. Je me souvins que du sang abyssin coulait dans les veines de l'immense Pouchkine, et que le grand-père de Vladimir Ilitch était un Kalmouk. Le grand-père de Lénine ! Un Kalmouk ! L'un de ces mêmes Kalmouks qui sont la risée du Russe moyen !

Je cherchai l'âme russe dans la langue, mais j'appris que sur les quelque cinq cents œuvres littéraires publiées en Russie au XVIIIe siècle, sept seulement avaient été écrites en russe. Sept ! J'appris que le russe écrit fut longtemps un mélange de slavon de bénitier, de latinismes importés par les Polonais, et de gallicismes imposés par la noblesse. J'appris que c'est en français que l'élite russe d'avant la Révolution s'exprimait, et que le comte Nesselrode, ministre des Affaires étrangères du tsar, ne parlait pas le russe. J'appris aussi que des expressions et des tournures de phrase russes typiques, comme *davaï*, avaient été piquées aux Tatares.

Je cherchai l'âme russe dans l'Eglise, mais je ne trouvai qu'un clergé peuplé de popes corrompus payés par l'Etat une fois que le tsar eut aboli le patriarcat, et des ouailles plus superstitieuses que religieuses à propos desquelles

Belinski écrivait à Gogol : « Les paysans prononcent le nom de Dieu en se grattant les fesses, et disent des icônes qu'elles servent bien sûr à prier, mais surtout à couvrir la marmite ! »

Je cherchai l'âme russe dans le folklore, mais j'appris que nos matriochkas étaient des copies de poupées japonaises, et nos zakouskis des hors-d'œuvre d'inspiration européenne.

Je cherchai l'âme russe dans l'architecture, mais j'appris que Saint-Pétersbourg – cette ville dont Alexandre Herzen disait qu'elle diffère de toutes les villes européennes en ce sens qu'elle ressemble à chacune d'elles – n'était qu'une gigantesque mise en scène conçue par Pierre le Grand pour faire oublier aux Russes leurs origines scythes et asiatiques. J'appris qu'incapables d'assumer cette nouvelle identité occidentale voulue par leur tsar, les nobles de la ville avaient réarrangé les salles de leurs palais de manière à pouvoir mener leur vie publique dans une aile européenne donnant sur l'extérieur, tout en vivant leur vie privée dans une aile asiatique donnant sur des jardins intérieurs.

Je cherchai l'âme russe dans la géographie, et j'appris que la Russie appartenait pleinement à l'Europe et que l'Europe s'étendait de l'Atlantique à l'Oural. Or j'avais grandi dans les steppes kazakhes, au-delà de l'Oural, et si la Russie était géographiquement européenne, je ne l'étais assurément pas.

Où diable est cette âme russe ? me demandai-je. Où

donc se cache-t-elle ? Je ne la trouve nulle part, hormis dans mille ans de servitude !

Athée comme j'étais, je n'allais tout de même pas faire le pèlerinage à l'ermitage d'Optina Pustyn en quête de cette mystique qui continuait de m'éluder ! Je reportai donc tous mes espoirs sur Koukouchka. Elle seule, me dis-je, saura m'expliquer ce qu'est cette Russie, et me dire, aussi, la place que le Centre et moi y occupons désormais.

Mais Koukouchka ne donnait toujours pas signe de vie.

13

De Jong ne s'était pas déplacé pour voir Corbeau, mais Koukouchka se dérangea pour le quarantième jour de son décès. La mort inopinée de Corbeau avait finalement sorti Koukouchka du sommeil profond dans lequel celle d'Alouette et de Martinet l'avait plongée. Koukouchka ne m'avait pas trahi, après tout. Elle n'avait pas non plus été arrêtée. Koukouchka se portait apparemment bien, tout ce temps-là, et elle lisait même la presse britannique. Koukouchka avait dû être choquée d'apprendre par les journaux la nouvelle de la mort de Corbeau. Choquée, mais aussi rassurée. Rassurée de l'apprendre par les tabloïdes populaires. Rassurée de voir que la mort de Corbeau n'avait pas attiré l'attention des grands quotidiens nationaux. Assez rassurée, en tout cas, pour s'aventurer hors de Moscou. Il avait fallu la mort de Corbeau pour que Koukouchka se décidât, enfin, à donner signe de vie.

Par signal à la craie et boîte aux lettres interposée, elle m'avait demandé de réserver une chambre banale dans un hôtel tout aussi banal de la banlieue de Metz, non loin de la frontière franco-allemande : un voyageur traversant l'Europe d'est en ouest, en croisant un autre qui la traversait d'ouest en est. Au volant de l'Aston Martin V8 Vantage qui me menait vers elle, et pris que j'étais par ces retrouvailles tant attendues, je n'avais, à vrai dire, prêté aucune attention au symbolisme de la chose. Tout ce à quoi je pensais, alors, c'était que j'allais la revoir. Espion impétueux, je piaffais d'impatience en retenant mes quatre cents chevaux, m'efforçant péniblement de m'en tenir à cette vitesse limite que les espions ont toujours à cœur de respecter : se pliant aux petites règles pour mieux enfreindre les grandes. Je me pressais en bridant ma monture. J'accourais vers Koukouchka comme on accourt à la maison. Je n'étais plus Micha : je n'étais plus Mikhaïl Mikhaïlovitch Galitsine. J'étais le Nikolaï Rostov de *Guerre et paix*. J'étais Nikolaï Rostov et je ressentais ce qu'il avait dû ressentir à l'approche du camp où l'attendaient ses camarades hussards. Calé dans mon siège, agrippé à mon volant, je me disais que celle qui m'avait si bien conçu saurait apaiser mon cœur palpitant ; que celle qui m'avait si bien programmé saurait mettre de l'ordre dans mon esprit confus. Tout ira bien, me disais-je. Koukouchka arrangera tout. Koukouchka expliquera tout. Elle me dira quoi faire et où aller. Elle qui avait coupé mon cordon ombilical déferait ce nœud gordien.

14

À peine avais-je ouvert la porte qu'elle m'attira à elle et m'étreignit chaleureusement. Je fus alors traversé par le même sentiment de joie qui avait dû envahir Nikolaï Rostov quand Denisov l'embrassa. Regardant par-dessus le chignon blond vénitien, je fus à la fois surpris et ravi de voir Volodia Svedolovitch – l'énorme Volia – monter la garde quelques mètres plus bas dans le couloir. Surpris parce que Volia se faisait déjà vieux, mais ravi de voir que les anciens étaient toujours là, aux côtés de Koukouchka. Et je ressentis alors ce que Nikolaï Rostov avait dû ressentir en reconnaissant Dementyev à son arrivée au camp : des larmes de joie me prirent à la gorge, m'étouffant presque et m'empêchant de parler.

Nous demeurâmes ainsi une bonne minute à la porte de la chambre, silencieux, jusqu'à ce qu'elle décide qu'assez d'émotion avait été affichée. Après quoi elle me libéra et me précéda à l'intérieur.

« Laisse-moi te regarder », me dit-elle, et je la regardai.

« Tu n'as pas changé », me dit-elle, et je me dis qu'elle était restée la même.

« Mais parle donc », insista-t-elle, et je continuai de la regarder sans mot dire. La même allure nonchalante à la Nona Mordioukova quand elle jeta son long manteau de voyage sur le lit et en prit possession.

« Ton russe est donc si rouillé ? demanda-t-elle en prenant possession de l'unique siège que la direction de l'hôtel avait jugé bon de fournir. Dis quelque chose, Micha, insista-t-elle, ou dois-je t'appeler Jonathan, à présent, et te parler en anglais ? » Ayant sorti de la poche de son spencer noir le même fume-cigarette ambré que je lui connaissais, elle avait allumé une de ses cigarettes orientales et pris d'un coup possession de tout l'espace.

« Assieds-toi, Micha », ordonna-t-elle, prenant finalement possession de moi, et je me posai docilement sur le bord du lit, évitant soigneusement le manteau qu'elle venait d'y jeter négligemment.

Je lui demandai des nouvelles du pays, et elle me parla de Corbeau. Je m'enquis auprès d'elle des collègues et des amis, et elle me parla encore de Corbeau. Je m'inquiétai devant elle de l'avenir, et elle me parla encore et encore de Corbeau. Koukouchka n'était pas venue pour me rassurer, ni pour me dorloter. Elle était là en mission d'évaluation des dégâts. J'avais attendu tout ce temps, et fait tout ce chemin, pour voir ma Koukouchka, ma mère, ma maîtresse, mon mentor, mon traitant, mon commissaire politique, et je me retrouvais face à un commissaire aux comptes.

« Je suis très déçue, Micha, dit-elle en allumant sa énième cigarette. Comment se fait-il que tu te sois transformé en tueur ? Tu aurais pu contrôler Corbeau. Mais tu en as décidé autrement, c'est cela ? Tu ne l'as pas tué parce qu'il te menaçait, n'est-ce pas ? Tu l'as tué pour me punir de t'avoir abandonné. Tu l'as tué pour que j'accoure te voir.

– Je devais me protéger, Galia, balbutiai-je. Je devais protéger Hibou, protéger Héron, protéger Tourterelle, protéger...

– Corbeau était un agent de premier ordre, Micha, m'interrompit-elle, et les agents de ce gabarit-là, on ne les poignarde pas !

– Tu avais complètement disparu, Galia ! Je devais prendre une décision !

– J'avais d'autres choses en tête, figure-toi, et je comptais sur toi pour agir au mieux. C'est vraiment dommage que tu aies décidé de te débarrasser de Corbeau. J'avais des plans grandioses pour notre ami Corbeau.

– Des plans ? Quels plans, Galia ? Quels plans pouvons-nous encore imaginer quand nous ignorons de quoi demain sera fait, quand nous ne savons plus qui nous sommes ni ce que nous sommes ?

– Qui nous sommes ? Ce que nous sommes ? Mais nous sommes russes, bien sûr !

– Je ne me sens aucunement russe, Galia, hasardai-je. Je suis peut-être né à Moscou, mais j'ai vécu à Tselinograd...

– Tselinograd, dis-tu ? Mais Tselinograd n'existe plus.

Tselinograd est devenu Aqmola ! Les Kazakhs viennent de rebaptiser ton Tselinograd ! Ta Ville vierge est devenue la Tombe blanche ! Les Kazakhs ne savent plus quoi faire pour montrer au monde entier à quel point ils sont devenus indépendants.

– Tselinograd ou Aqmola, j'ai grandi au Kazakhstan, Galia, et si mon père était russe, ma mère, elle, était géorgienne.

– Je sais, je sais, dit-elle, excédée. Nana Semyenovna, ta mère, était géorgienne. Et toi, tu as fini par grandir dans les steppes kazakhes où ton père avait décidé de s'exiler après la mort de ta mère. Et alors, Micha ? Penses-tu qu'avec mon pedigree moscovite impeccable, je sois plus russe que toi ou que ta mère ? Il y a probablement plus de sang étranger qui coule dans mes veines qu'il n'y en a jamais eu dans toute la famille de Nana Semyenovna. Toutes les femmes russes furent, un jour ou l'autre, violées par les Turcs ou par les Tatares, Micha. Quoi qu'en disent nos popes, nous sommes tous des yeux bridés.

– Je ne te le fais pas dire, Galia. Grattez un Russe, disait Napoléon, et vous trouverez un Tatare !

– C'est exactement cela, dit-elle en retournant l'argument à son avantage. Tous des Tatares, quoi qu'on en dise ! Et ceux, parmi nous, qui ne le sont pas, sont des Suédois. Ou alors des Teutons : des Teutons éligibles à la nationalité allemande... Alors épargne-moi, s'il te plaît, cette rengaine à la con. Le sang et les gènes n'ont rien à voir. Nous sommes là où nous appartenons, Micha, et toi et moi, que nous le voulions ou pas, nous appartenons à la Russie.

– Mais le Centre est soviétique, Galia ! C'est dans l'internationalisme que nous puisons notre force ! C'est l'internationalisme qui nous permet de recruter ! Mally était hongrois ! Deutsch était autrichien ! Alouette et Martinet n'ont pas trahi leur pays pour la Russie, Galia ! Ils l'ont trahi pour l'Internationale ! Loriot n'a pas trahi l'Angleterre pour la Russie mais pour le communisme ! C'est ce qui fait la force du Centre !

– Le Centre a peut-être ses ramifications dans l'internationalisme, mais ses racines sont russes, Micha ! Te rappelles-tu ce laïus que je t'avais jadis sorti sur l'être et le paraître ? Sur l'importance de te conduire comme un aristocrate anglais, sans jamais oublier que tu es un bon citoyen soviétique ? Où crois-tu que j'étais allée le pêcher, Micha ? Dans les archives "soviétiques" du Centre "soviétique", peut-être ? Pas du tout ! J'avais trouvé cela dans un traité du XVIIIe siècle sur – tiens-toi bien – l'étiquette et les bonnes manières à l'usage des jeunes de la noblesse russe ! L'étiquette et les bonnes manières, Micha ! Je me suis contentée de substituer au mot "russe" celui de "soviétique". Et maintenant, tout ce que je te demande, c'est de redonner à ce traité son sens premier : son sens russe !

– Je ne connais pas ce mot, Galia ! Lénine agissait-il en Russe en donnant son aval au traité de Brest-Litovsk ? Agissait-il en Russe en donnant à l'Allemagne, par ce traité, un bon tiers des terres arables de la Russie tsariste et plus de la moitié de sa base industrielle ? Non, Lénine n'agissait pas en Russe. Il agissait en bolchevique. Lénine a sacrifié la Russie pour sauver la Révolution bolchevique.

– Conneries que tout cela ! La Révolution bolchevique, dis-tu ? Les fondements idéologiques de la Révolution russe doivent moins à Marx (que personne chez nous n'avait lu à l'époque) qu'au rêve séculaire de nivellement par le bas qui hantait la paysannerie russe. Il n'y aurait jamais eu de révolution sans la Russie, Micha ! Marx se trompait en croyant que sa révolution aurait lieu en Angleterre et en Allemagne, pays industrialisés et avancés. Pas un instant il n'avait imaginé qu'elle puisse avoir lieu dans un pays aussi arriéré que la Russie. Et pourtant, c'est ce qui s'est passé. Ce n'est pas la Révolution qui a fait la Russie, Micha, c'est la Russie qui a fait la Révolution ! La révolution d'Octobre ne fut que l'un des avatars successifs de la volonté russe de puissance. N'avons-nous pas, grâce à cette révolution, étendu notre influence à l'Europe de l'Est ? Aux mers chaudes ? Aux frontières de la Chine ? Et même aux Amériques ? Cuba, Micha ! Et n'est-ce pas au nom de cette même révolution que ton père s'en est allé russifier le Kazakhstan ?

– Mon père n'est pas allé russifier le Kazakhstan, mais le soviétiser !

– Je rêve ou quoi ? C'est de la vieille histoire, tout cela ! C'est terminé ! C'était terminé avant même ta naissance, Micha ! Tu n'as jamais entendu parler de la doctrine du socialisme dans un seul pays ? Tu as été trop influencé par le mirage pionnier qui planait sur les Terres vierges. Et ta mère t'a trop nourri des utopies internationalistes du Proletkult. Tu as été trop imprégné par les illusions socialistes d'Artek et son architecture collectiviste. Ce camp de jeunesse requinqué par Khrouchtchev pour, soi-disant, forger l'Homme nouveau, t'a trop marqué, Micha.

– Je ne suis pas le seul, Galia. Nous étions des centaines de milliers, à Artek... Des Soviétiques, mais aussi des étrangers...

– Ils en sont tous revenus. Pas toi, apparemment. Toi, tu as été trop longtemps absent. Tu n'as pas vécu au pays. Tu es passé trop brutalement des camps de jeunesse en Occident. L'Union soviétique n'existe plus depuis longtemps, Micha. Cela fait des années qu'elle a été vampirisée par la Russie qu'elle avait cru vaincre en 1917. Dans ton exil doré, tu as raté le grand mouvement de retour aux valeurs russes des années soixante-dix. Il y a une quinzaine d'années, *Molodaia gvardiia* osa publier un article critiquant la révolution d'Octobre et la dépeignant comme une interruption de la tradition nationale. On raconte que Souslov en personne encourageait le mouvement. Souslov, Micha ! L'idéologue du Parti ! L'Union soviétique dont tu parles n'existe plus depuis longtemps. Elle est morte de sa belle mort alors que tu venais au monde, et nous nous contentons aujourd'hui d'organiser des funérailles nationales pour un cadavre en état de décomposition avancé.

– Si je comprends bien, Galia, ça fait vingt ans que je mens, que je trompe et que je trahis pour quelque chose qui n'existe même pas !

– Ne me dis pas que tu crois encore à toutes ces salades sur la dictature du prolétariat et le paradis socialiste,

Micha ! Mais oui, bien sûr que tu y crois, reprit-elle comme je ne répondais rien. Les mêmes motivations, qui nous ont poussés, moi et tant d'autres, à y croire, t'ont poussé, toi – le Soviétique de l'extérieur, le Soviétique exilé –, à continuer à y croire ! Bien sûr que tu y crois ! Tu y crois pour ne pas avoir à te dédire ! Tu y crois pour justifier tes actes ! Tu t'accroches à ta foi comme un amnésique à des implants de souvenirs ! Ne te leurre pas, Micha ! Ce ne sont pas les nobles idéaux que tes parents t'ont inculqués qui t'incitent à croire encore, mais l'instinct de conservation le plus vil qui soit ! L'Occident aura été ton goulag, Micha ! Un *zek*, voilà ce que tu es ! Tu es comme ces bolcheviques de la première heure qui n'en démordaient pas et continuaient de clamer leur foi, alors même que les hommes de main de Staline les torturaient, leur extirpaient de faux aveux, les déportaient, et leur faisaient cadeau de quelques grammes de plomb !

– Je suis un communiste, Galia !

– Communiste, mon cul ! Dis plutôt un rebelle ! Il y a en toi une telle révolte contre l'autorité avec laquelle tu fais pourtant de ton mieux pour te conformer. Un tel rejet de ce père que tu t'évertues cependant à calquer : la même intonation de la voix, le même regard jeté au loin, la même façon de te tenir, de marcher une main derrière le dos. Tu étais en adoration devant ton père, Micha, mais tu le haïssais, n'est-ce pas ? Tu le tenais peut-être pour responsable de la mort de ta mère ?

– Tu racontes n'importe quoi, Galina Dimitrievna !

– Il faut dire que ton auguste père était en bonne

compagnie. En excellente compagnie, même, puisque l'immense Staline, le maréchal Boudienny, et cet autre grand maréchal qu'était Toukhatchevski, avaient, eux aussi, dû endurer le suicide de leurs épouses respectives. Leurs épouses qui refusaient ce rôle de baba qu'ils leur avaient péremptoirement assigné. Nana Semyenovna elle aussi refusait cela, n'est-ce pas ? »

Je lui en voulais d'aborder ce sujet.

« Une grande artiste comme elle, poursuivait-elle. Une chantre du Proletkult – en tout cas de ce qui en restait –, qui continuait à produire son art avant-gardiste désuet, comme si le réalisme socialiste n'était jamais passé par là. Nana Semyenovna, la petite fille que le grand Maïakovski en personne avait fait sauter sur ses genoux. Nana Semyenovna, promise à un si bel avenir, mais contrainte de vivre comme une baba dans l'ombre de son mari. Dans l'ombre de ton père, Micha. Dans l'ombre du grand Mikhaïl Fiodorovitch Galitsine ! Officier d'état-major de la mythique 62e armée ! Fidèle lieutenant du glorieux général Tchuikov ! Valeureux défenseur de Stalingrad ! Digue indestructible du Peuple, s'accrochant du bout des ongles à la rive droite de la Volga assaillie par les hordes fascistes ! Mikhaïl Fiodorovitch Galitsine ! L'un des premiers à atteindre Berlin ! L'un des premiers à pénétrer dans le bunker où le monstre s'était terré avec sa dulcinée ! Mikhaïl Fiodorovitch Galitsine ! Héros de l'Union soviétique ! Mais tout cela, c'était un peu trop pour Nana Semyenovna, semble-t-il. Un jour – ou était-ce une nuit, Micha ? –, elle décida donc d'en finir. »

Je voyais ma mère sur son lit. Je la voyais comme si c'était hier, baignant dans son sang après s'être tiré une balle dans la tête avec le pistolet de mon père, alors même que ce dernier, sérieusement éméché, s'affairait à lui prouver sa virilité.

« Et Mikhaïl Fiodorovitch ne s'en remit jamais, n'est-ce pas ? Tout grand qu'il fut, ton père n'était pas de la même trempe que le Petit Père des Peuples. Staline s'était vite remis du suicide de Nadia Alliliouïeva. Mais ton père, lui, ne se pardonna jamais la mort de Nana Semyenovna. Inconsolable, il finit par abandonner ses multiples maîtresses moscovites à peine pubères, et il s'en alla plutôt déflorer les Terres vierges du nord du Kazakhstan. Six cent mille kilomètres carrés de terres à bonifier, pour la plus grande gloire des Soviets. Une tâche grandiose, Micha. Une tâche à la mesure de l'ego de ton père, et aussi, sans doute, à la mesure de son remords.

– Ce que je suis n'a rien à voir avec ce que mon père et ma mère ont pu être, Galina Dimitrievna !

– Peut-être, peut-être... Pourtant, quand je t'ai vu la première fois, je me suis dit : ce garçon n'est pas un bâtisseur. Je me suis dit que si tu restais au pays, tu finirais dans un camp de travail. Je l'ai senti très fort : quelque chose de bouillonnant sous tes dehors sages de jeune cadre communiste... Je te connais, Micha. Tu es orgueilleux, orgueilleux et insatisfait ! Avec Achille contre Ulysse, mais avec Hector contre ce même Achille !

– Tu dis n'importe quoi ! fis-je avec un geste dédaigneux de la main.

– Tu tiens beaucoup de Mally, Micha. Il était grand comme toi – ne l'appelait-on pas *Der Lange* ? –, et ses mains étaient aussi longues et fines que les tiennes. Des mains aristocratiques. Dans ton cas, j'imagine que ce doit être l'héritage génétique des Galitsine. »

En l'entendant évoquer le nom de cette famille noble, je ne pus m'empêcher de cacher mes mains, comme s'il s'était agi d'une tare.

« Sais-tu, Micha, pourquoi Mally a choisi de vivre à l'étranger ? Parce qu'il n'arrivait pas à s'adapter au système au service duquel il s'était pourtant mis. Avant d'être un grand Illégal, Théodore Stepanovitch Mally était un grand inadapté. Tout comme toi. Tu l'ignores, mais le rapport des évaluateurs psychologiques du Centre avait conclu que le sentiment profond d'injustice qui t'habite te rendait inapte au service de l'Etat. Inapte au service de l'Etat, Micha ! J'ai dû me battre pour les convaincre du contraire. Je t'ai ensuite adopté, et je t'ai expédié en Occident y développer tes talents subversifs, et les mettre au service de la Russie.

– La Russie ! Quelle Russie ? J'ai été élevé par le Parti, pas par la Russie !

– Et moi donc, Micha ? Tu penses qu'une femme aurait pu grimper si haut sans l'aide du Parti ? Tu crois que j'aurais pu survivre à la misogynie des disciples de Serov sans l'aide du Parti ? Tu crois que je serais là où je suis si je n'avais pas été membre du Parti ? Tu penses sérieusement que nos dirigeants actuels – nos grands dirigeants démocratiques et libéraux – seraient aujourd'hui nos dirigeants s'ils n'avaient eux-mêmes été au Parti ? Nous étions tous au Parti, Micha ! Et nous le sommes encore. Seulement voilà, nous ne sommes plus au Parti communiste ! Nous sommes désormais au Parti du Kremlin ! Ne t'y trompe surtout pas, Micha. L'esprit de l'Union vit. Il vit dans le Kremlin. Et le Kremlin vivra tant qu'il s'appuiera sur le Centre. Tous ces gens ne sont *rien* sans nous, Micha ! Ils ne sont *rien* sans le Centre ! Et ils le savent !

– Mais quel est le rôle de la Russie, aujourd'hui, Galia ? Quelle est sa mission dans le monde ?

– Sa *mission* ? Parce qu'il te faut une *mission* ? La Russie devrait donc, selon toi, avoir une mission universelle ? Tu te prends pour Gogol, Micha ? Te faut-il à tout prix distinguer le bien du mal ? Le blanc du noir ? Ne peux-tu t'accommoder du gris ? Toi, un officier du renseignement ! Toi qui vis la grisaille à longueur d'année ! As-tu vraiment besoin d'une ennemi pour savoir *qui* tu es ? Un simple rival ne te suffit-il pas ? Il n'y a plus d'ennemi, Micha. Il n'y a plus que des rivaux. Les Etats-Unis, le Royaume-Uni, l'Allemagne, la France, ne sont plus les ennemis de la Russie, mais ses rivaux. Il faudra bien que tu t'y fasses. »

Elle exécutait devant moi le numéro que j'avais fait, à Sunningdale, au profit de Corbeau, et j'étais aussi peu convaincu maintenant que Corbeau l'avait alors été. Etait-ce pour cela que j'avais tué Corbeau ? J'avais imaginé puis joué ma scène avec lui, ne sachant pas que Koukouchka avait réécrit toute la pièce derrière mon dos. Je croyais avoir tué Corbeau pour une cause juste. Je croyais être ce tendre assassin que chantait Robert Browning. Mais je me rendais compte à présent que je n'étais qu'un assassin. Un simple assassin que personne, jamais, ne chanterait.

« Ainsi, lui lançai-je, dépité, le Centre agit en mercenaire afin de préserver ses budgets et ses privilèges.

– Je vois, dit-elle en esquissant un sourire qu'elle voulut triste. Je vois... Tu n'as donc pas tué Corbeau parce qu'il te menaçait. Et tu ne l'as pas tué davantage pour me punir de t'avoir abandonné. Tu l'as tué pour ses sales idées fascistes et racistes, n'est-ce pas ? Tu lui as fait payer la déliquescence du Parti communiste d'Union soviétique. Tu lui as fait payer les vingt années durant lesquelles tu as espionné pour une patrie qui n'existait plus. Tu l'as poignardé pour redonner un sens à ta vie. Tu l'as étripé pour mieux séparer les justes des méchants. Tu l'as saigné à blanc pour te purifier. »

Elle riait, à présent. « C'est d'un drôle, reprit-elle finalement. Dire que j'ai passé ma vie à envoyer de bons communistes à l'étranger, et à craindre de voir leurs convictions idéologiques s'émousser au contact de l'Occident corrompu, et me voilà en train de chicaner avec un Illégal qui est resté vingt ans chez les capitalistes, et qui s'accroche à son *Manifeste* comme s'il allait demain prêter serment chez les Pionniers pour mériter sa petite écharpe rouge ! Tu es d'un tel ennui, Micha ! Ne vois-tu pas que le Kremlin est toujours le Kremlin, et que Moscou est toujours la capitale de toutes les Russies ? »

Elle dut sentir ma réticence car elle sortit alors la carte qu'elle gardait en réserve :

« Alek Hassanovitch a plié bagage, me lança-t-elle en allumant une cigarette.

– Alexandre Hassanovitch Rahimev ?

– En personne. Notre bien-aimé directeur financier. Il a vidé son coffre et s'est fait la malle.

– Tu veux dire qu'il a fait défection ?

– Ça en a tout l'air.

– Quand ?

– Il y a trois semaines. Mais rassure-toi, il n'est ni à Washington ni à Londres. Notre Alek est bien trop malin. Il sait pertinemment qu'avec la fin de la Guerre froide, même le directeur financier du Directorat S des Illégaux du Centre n'occuperait pas longtemps les devants de la scène occidentale. Et Alek, je le connais assez, ne se contentera pas de vendre ses dossiers financiers aux Américains avant d'aller se faire oublier au Nevada avec son magot. Non, Alek voudra jouer gagnant. Il est donc parti à Bakou se chercher de nouveaux alliés dans l'industrie pétrolière post-soviétique, et il y négocie actuellement avec les Américains la cession de ses archives en contrepartie de l'appui de Washington à un Azerbaïdjan indépendant où lui-même occuperait une place de choix. Tout en négociant, bien sûr, avec nous, ces mêmes archives, en échange d'un engagement similaire de notre part.

– Ma couverture serait donc menacée ? »

Mon ton, quand je lui posai cette question, devait être ambigu, car je ne savais pas encore si je devais m'inquiéter de cette nouvelle ou m'en réjouir. Alek Hassanovitch serait peut-être ma porte de sortie, me disais-je.

« Rassure-toi, me répondit-elle, non sans perfidie. Alek Hassanovitch connaît peut-être Micha – il connaît Mikhaïl Mikhaïlovitch Galitsine –, mais il ne sait absolument rien de Jonathan. Il n'y a pas plus de Jonathan dans les dossiers d'Alek qu'il n'y a de Corbeau, d'Alouette, de Martinet, de Tourterelle, de Hibou, de Loriot, de Héron ou de Grue. Et même si les Américains réussissent à mettre la main sur ses dossiers avant nous, il leur faudra des années pour reconstituer nos circuits bancaires et remonter jusqu'à toi. Ne t'en fais pas, Micha. Alek Hassanovitch est mon problème, pas le tien. Laisse-moi m'en charger. »

Elle se taisait, à présent. Enfoncée dans son siège, ses jambes jetées en avant, elle tirait sur sa cigarette, et sa fumée, se mêlant aux rayons de soleil qui perçaient à travers la vitre, lui faisait un souffle de dragon. Ainsi auréolée, elle attendait que je me décide. Et moi, je me disais qu'elle avait inventé toute cette histoire. Mais je ne pouvais en être sûr. Si Alek Hassanovitch avait réellement fait défection, j'aurais besoin d'elle pour garder mes arrières. J'étais ferré. Je faiblissais. J'étais sur le point de céder. Je ne pouvais que céder. Je n'avais nulle part où aller. Vingt ans durant j'avais construit mon identité britannique tout en m'efforçant de garder cet accoutrement insulaire à distance respectable de mon être profond : de mon être soviétique. Et comme j'avais continué à ne voir dans mon anglicité qu'un artifice, j'en étais parfois venu à me dire que les autres voyaient à travers moi. De temps en temps il m'était arrivé de voir des craquelures dans ma cuirasse de fer-blanc et des déchirures dans ma couverture en papier, et mes craintes à l'égard de mon identité assumée avaient alors tourné à la panique. A tout prendre, cependant, les choses s'étaient bien déroulées. Je n'avais pas eu trop de mal à concilier mon être et mon paraître, et, jouant de l'un et de l'autre selon les circonstances, j'avais réussi à la fois à satisfaire Koukouchka et à me préserver une certaine immunité émotionnelle. J'avais aussi appris à vivre avec la peur d'être démasqué. Je m'étais préparé à ce jour fatidique où, ma couverture anglaise étant finalement tombée, je jaillirais fièrement de mes cendres, drapé dans la Bannière rouge. Fièrement, car j'avais déjà largement dépassé l'espérance moyenne de vie d'un Illégal. Fièrement, parce qu'après toutes ces années passées dans l'ombre, rien, me disais-je naïvement, ne pouvait plus ternir ma gloire. Et dans ces moments où une allégresse dépressive me submergeait, j'imaginais – je voyais même très distinctement – mon portrait accroché aux côtés de ceux de Mally, de Deutsch et de Molody, dans la salle du Souvenir à Yasenevo. Il n'y eut pas un jour, toutes ces années, où je ne me figurai pas la fin brutale de ma carrière d'Illégal. Il y eut même des jours où, sombrant dans un océan de sentimentalisme, je la mettais en scène. J'y étais bien préparé. Mais je ne l'étais nullement à voir mon ancrage soviétique voler un jour en éclats, me laissant pathétiquement agrippé aux lambeaux de ma couverture anglaise. C'était pourtant ce qui était en train de m'arriver. En un tour de main, Koukouchka avait rasé mon passé, effacé mon présent, annulé mon avenir. J'étais un espion soviétique, et voilà que l'Union soviétique n'existait plus. J'étais un Illégal infiltré en Occident pour accélérer la chute du monde capitaliste, et voilà que Koukouchka me demandait d'apporter ma contribution à l'accession de la Russie au marché mondial. Voilà qu'elle voulait m'embrigader dans la guerre que se livraient sa mafia et celle d'Alek Hassanovitch. J'étais veuf, désormais. Veuf de l'Union. Veuf de la Révolution. J'avais besoin de réfléchir. J'avais besoin de temps.

« Qu'attends-tu de moi, Koukouchka ? finis-je par lui demander, et je la vis sourire de m'entendre, enfin, l'appeler par ce nom.

– Je ne veux plus voir de morts, Micha ! Que Corbeau et l'apartheid pourrissent en enfer ! Qu'Alouette, Martinet, et la dictature du prolétariat reposent en paix ! Mais nous, Micha, nous continuerons à faire ce pour quoi nous sommes nés. Je veux que Hibou se sente aimé. Je veux que tu le chouchoutes comme l'enfant fragile qu'il est. Je veux que Loriot et Tourterelle se sentent rassurés. Et je veux que tu prennes soin de Héron et de Grue.

– J'ai quelques petits problèmes avec Héron et Grue, avouai-je d'un ton embarrassé.

– Des problèmes avec Héron ? s'étonna-t-elle.

– Avec sa femme, plutôt... Avec Grue.

– Quel genre de problèmes peux-tu avoir avec Grue ! »

Ayant éteint sa cigarette, elle était venue jusqu'au lit

au bord duquel j'étais toujours aussi inconfortablement installé.

« Si je ne m'abuse, reprit-elle, même sans les subsides du Centre tu te fais assez d'argent avec ton commerce d'antiquités pour subvenir largement à ses besoins, aussi déraisonnables soient-ils. Et à te regarder, poursuivit-elle en passant sa main dans mes cheveux, tu es toujours aussi séduisant. Ne me dis pas que tu n'arrives plus à bander !

– Ce serait plutôt elle qui... Qui ne bande plus, comme tu dis.

– La baise ne l'intéresserait donc plus ? ironisa-t-elle en m'abandonnant pour reprendre place face à moi. J'ai peine à le croire, Micha !

– C'est moi qui l'intéresse apparemment moins.

– Je vois, dit-elle en allumant une cigarette. Et tu t'es demandé pourquoi ?

– La routine, je ne sais pas, moi... Le désir qui s'émousse.

– C'est ton cerveau qui s'émousse, Micha ! Parce que tu crois qu'une femme comme Grue fonctionne comme ça ? Tu n'as rien compris ! Je vais te dire, moi, pourquoi elle ne te désire plus. Elle ne te désire plus parce que tu ne représentes plus rien ! Elle n'a plus d'érection avec toi parce que le Rideau de fer n'est plus en érection ! Sa libido est en berne parce que le drapeau soviétique est en berne ! Tu comprends ? Ce ne sont pas les couilles qui intéressent Grue, ce sont les couilles po-li-ti-ques ! Cette femelle-là ne baise pas avec des mâles, Micha ! Elle baise avec des hommes de pouvoir ! Elle s'était entichée de Héron et l'avait épousé quand il était un diplomate promis à un avenir brillant, mais elle se désintéressa ensuite de lui dès sa chute. Elle avait craqué pour toi parce que tu trimbalais entre tes longues jambes musclées les testicules de Moscou, mais quand le Mur est tombé tu as perdu le pouvoir de la brancher. Tu es devenu un castrat. Un castrat très décoratif, je te l'accorde, mais un castrat tout de même, conclut-elle en écrasant sa cigarette à peine entamée, et j'eus l'impression que c'étaient mes parties génitales qu'elle écrasait.

– Va voir ta Grue, reprit-elle. Va la voir, et verse doucement dans ses belles petites oreilles le plus doux des philtres d'amour et l'aphrodisiaque le plus puissant qui soit. Va lui dire que si l'Union soviétique est morte, la Fédération de Russie, elle, se porte on ne peut mieux. Va lui dire que le Centre s'est fait greffer une nouvelle paire de couilles. Des couilles encore plus grosses. Va vers elle, Micha, vas-y armé de ta foi en la Sainte Russie, et laisse-la sentir l'odeur du pouvoir qu'exsuderont à nouveau tes aisselles et ton entrejambe. »

Et moi je lui souris. Parce qu'elle voulait me voir sourire. Et je lui dis d'accord. Parce qu'elle voulait me l'entendre dire. D'accord, Koukouchka, lui dis-je. J'irai voir Grue. J'irai la voir et je lui parlerai des nouveaux maîtres du pays au service desquels le Centre s'est mis pour la plus grande gloire d'une Russie ressuscitée. J'irai la voir, je lui en parlerai, et je la regarderai s'exciter et mouiller.

15

Je quittai Koukouchka en lui promettant que tout serait comme avant. Je savais pourtant que plus rien ne serait comme avant. Vingt ans durant j'avais servi un pays qui n'avait été que l'ombre de lui-même. Et voilà que Koukouchka voulait me mettre au service de l'ombre d'un pays que je ne connaissais pas. Mon père avait servi dans la Grande Guerre Patriotique. J'avais suivi son exemple en servant dans la Grande Guerre Patriotique de l'ombre. Mais maintenant ? Maintenant Koukouchka voulait que je serve dans la Grande Guerre Patriotique du pétrole. A moins que ce ne soit la Grande Guerre Patriotique de l'aluminium. Non ! Non, je ne le ferais pas, me disais-je. Non, je ne servirais plus personne !

Mais si je n'étais plus un serviteur public, si je n'appartenais plus à l'Union et si je n'appartenais pas plus à la Russie, alors qui étais-je ? Je n'étais plus Micha. Je n'étais plus Mikhaïl Mikhaïlovitch Galitsine. J'étais Izhits. J'étais cet infortuné commandant à la retraite imaginé par Tchekhov, et que l'abolition de son grade plonge dans le plus grand désarroi. « Dieu sait qui je suis à présent, hurle-t-il. Ils ont aboli tous les commandants il y a de cela un an ! »

Dieu seul savait qui j'étais, à présent ! Et Dieu seul savait où je pourrais aller désormais ! J'avais été un citoyen de l'Union soviétique, mais cette Union soviétique-là n'existait plus. Elle avait été remplacée par la Fédération de Russie. J'avais grandi à Tselinograd, mais Tselinograd n'existait plus. Tselinograd avait été recouverte par Aqmola. Dieu, que j'enviais ces Russes blancs émigrés qui, rentrant au pays, pouvaient malgré tout reconnaître, sous l'Union dans laquelle ils ne se reconnaissaient pas, la Russie qu'ils avaient jadis connue. Mais moi, que pouvais-je encore espérer ? Même si je rentrais au pays, pourrais-je reconnaître, sous cette nouvelle Russie, l'Union soviétique que j'avais connue ? Ma patrie, qui avait commencé par m'exiler, avait fini par s'exiler elle-même, et je n'avais plus nulle part où aller.

Je m'éloignais de Metz. Je m'éloignais de Koukouchka. Je m'éloignais de mon passé et je me récitais, comme une mélopée, ces vers d'Akhmatova :

Nous avons vieilli de cent années,
Et tout cela en l'espace d'une journée.

Je me rapprochais de la côte. Je conduisais vite. Très vite. Je roulais bien au-delà de la vitesse limite. Je ne m'inquiétais plus des radars, des gendarmes en embuscade, et de ces procès-verbaux qui sont autant de preuves de présence, et d'existence. L'anonymat que j'avais toujours recherché ne m'importait plus. La vitesse me montait à la tête. L'adrénaline cognait contre mes reins. Le feulement sourd du huit-cylindres me remplissait les oreilles, et sa mélodie puissante me grisait. Bas, étroit, enrobé de cuir et de ronce de noyer, l'habitacle de mon Aston m'enveloppait, me protégeant comme une coquille d'acier ouaté. Mon siège-baquet me soutenait, tout comme mes bretelles me soutiendraient désormais, sa peau comme une seconde peau sur la mienne. La pédale de l'accélérateur prolongeait ma jambe droite, et celle de l'embrayage ma jambe gauche. Le levier de la boîte se confondait avec ma main gauche, et le volant avec ma main droite. J'étais totalement maître de ma mécanique. J'étais moi-même mécanique. Rien, absolument rien, ne pouvait m'arriver.

J'arrivai à Zeebrugge. J'embarquai sur le ferry pour Hull. Je mettais la mer entre Koukouchka et moi. Je courais me mettre à l'abri de l'Ile. Je remontais par la mer vers le nord, pour redescendre par la route vers le sud. Par habitude. Par tic. Par déformation professionnelle. Parce que les espions ne vont jamais d'un point à un autre en ligne droite.

Cloîtré dans ma cabine, je me laissais bercer par le martèlement lancinant des machines de ce navire qui m'emmenait loin de Koukouchka. J'échafaudais des plans pour que ma relation avec elle s'éteigne lentement.

Pour qu'elle expire doucement, paisiblement, faute d'affinités, faute d'utilité. Je concoctais des stratagèmes pour ramener Jonathan à la vie.

J'étais comme Mally emporté par la tourmente de la guerre alors que les empires s'effondraient autour de lui : plus un Hongrois, plus un prêtre, plus un chrétien, plus le fils de quiconque. Juste un soldat porté disparu. Et moi je n'étais plus un Soviétique, plus un officier du Centre, plus un communiste, plus le fils de quiconque. Juste un espion porté disparu. La Guerre froide était terminée, et il me fallait tout réapprendre. Réapprendre les gestes de chaque jour. Réapprendre les émotions enfouies vingt-cinq ans durant. Réapprendre à ne plus avoir peur. Réapprendre à ne plus m'arrêter devant une vitrine pour y observer le reflet de quelqu'un qui m'aurait suivi. Réapprendre à ne plus voir dans chaque homme un ennemi, ou une source à exploiter. Réapprendre l'innocence. Le pourrais-je encore ?

Au petit matin je débarquai à Hull et j'empruntai des routes sinueuses qui serpentaient dans des prés recouverts de rosée, scintillants dans la clarté bleutée du nord, annonciateurs d'une aube nouvelle pour moi. J'étais dans le Yorkshire, le Yorkshire natal de la petite Emily, le Yorkshire de la grand-mère de Jonathan.

Un quart de siècle auparavant, la mort d'Emily sur une ferme du Manitoba avait libéré Jonathan de ses vœux canadiens. Et voilà que la mort symbolique de Koukouchka dans cette chambre d'hôtel de Metz venait de me libérer de mes vœux soviétiques. Pour Koukouchka, Jonathan n'avait été qu'une fiction qui servait ses intérêts. Une disparition opportune et un passé insondable, et donc inattaquable. Koukouchka n'avait jamais voulu que Jonathan ait une épaisseur. Mais voilà qu'elle venait de me voler mon passé, ne me laissant, en guise de mémoire, que le passé de Jonathan.

Je me promis donc de faire tout pour m'y raccrocher. Je me jurai de m'approprier le passé anglo-saxon de Jonathan afin de compenser la perte irrémédiable de mon passé soviétique. Je me jurai aussi de me construire un nouveau présent sur le passé de Jonathan, et de me bâtir un avenir sur ce présent-là.

Je serai donc Jonathan, et Emily sera ma grand-mère. Les gènes d'Emily, et les mèmes d'Emily, vivront désormais en moi. L'Angleterre avait jadis trahi Emily, et voilà que la Russie venait de me trahir. Emily n'avait pas pardonné à l'Angleterre, et je ne pardonnerai pas plus à la Russie. Emily avait rusé et comploté afin que sa propre chair ne meure pas pour le Roi et la Patrie, j'en ferai autant pour éviter de mourir pour le Tsar et la Sainte Russie.

Jonathan

16

De retour à Londres, je surpris mon chemisier en lui commandant deux douzaines de chemises, et leurs caleçons assortis. Je le surpris car j'avais jusqu'alors fermement décliné toutes ses propositions de me couper des caleçons dans le même tissu que mes chemises, et à son grand désespoir, j'avais continué à porter des slips et des tee-shirts achetés dans les grands magasins. Des slips, oui, de simples slips : ces slips que les Américains appellent *Y-fronts* parce que l'ouverture facilitant l'accès à l'outil urinaire évoque la lettre Y. Tout comme ils appellent *T-shirts* leurs maillots de corps à manches courtes, en forme de T. Un T pour le haut, donc, et un Y pour le bas. Qui dira encore que les Américains sont des analphabètes ?

Si j'avais persisté, toutes ces années, à porter des tee-shirts et des slips tout bêtes sous mes costumes et mes chemises faits à façon, c'était parce que j'avais voulu que mon accoutrement britannique demeurât confiné à une couche extérieure de vêtements sur mesure, tenus bien à l'écart de ma peau prolétarienne par une autre couche – plus démocratique, elle – de sous-vêtements prêts-à-porter. Mes vêtements, m'étais-je dit en arrivant dans l'Ile, refléteront mon personnage public, mais mes sous-vêtements, eux, resteront fidèles à ma personne privée. Après Metz, cependant, je ressentis le besoin de quelque chose de plus consistant en termes d'insularité. Quelque chose qui irait par-delà l'image que je projetais vers les autres. Quelque chose que je pourrais sentir directement sur ma peau. Après Metz, je ne cherchai plus à m'immuniser contre mon déguisement anglais. Au contraire, je voulus que ce déguisement imprégnât tout mon être. Qu'il cessât d'être un simple déguisement. Les caleçons faits à façon de M. Simms remplacèrent alors mes slips, et ses chemises faites sur mesure se substituèrent, sur ma peau, aux tee-shirts. Mes sous-vêtements, me dis-je alors (car une chemise n'est rien de plus qu'un sous-vêtement), donneront de l'épaisseur à mes vêtements, et mes vêtements donneront à leur tour sa profondeur à mon nouvel être insulaire.

Longtemps j'avais aussi rechigné à ouvrir des comptes courants chez mes fournisseurs. Longtemps je m'étais inquiété de voir mon nom et mes mensurations traîner par-ci par-là en ville. Jaloux de mon anonymat, j'avais même jadis fâché mon tailleur, pourtant si placide, en lui demandant de se passer désormais des étiquettes qu'il cousait amoureusement à l'intérieur de la poche poitrine droite de mes vestons, et qui portaient mon nom et la date de ma commande. Plus maintenant. A présent je me délectais de tous ces petits détails personnalisés. A présent je voulais que mes patrons, les formes en bois de mes chaussures, et mon choix de tissus, de cuirs, et même de boutons et de doublures, soient partout en ville : chez un tailleur de Prince's Street, chez un bottier de St. James's Street, chez un chemisier de Jermyn Street, et chez un sellier de Clifford Street. Autant de preuves nonchalamment semées de ma nouvelle identité. Désormais, me disais-je, j'essaimerai, et après avoir été nulle part, je serai partout. J'y serai d'ailleurs en tant que personne unique, avec un pied droit légèrement plus large que le gauche, et une combinaison d'encolure, de tour de poitrine, de tour de taille et de longueur de bras et de jambes, qui ne pourrait définir personne d'autre.

Plus je me laissais pénétrer par mon accoutrement anglais, et plus je devenais exigeant avec les artisans que j'honorais de ma clientèle. Jusqu'alors j'avais laissé à M. Brown le soin de m'habiller. C'était lui qui décidait quel tissu je lui achèterais, et comment il me le couperait. C'est que, depuis plus de deux siècles, la vénérable Maison de M. Brown habillait les Etoniens, petits et grands, et j'avais eu besoin de la connaissance que ce tailleur de père en fils avait de ce qu'était un vrai gentleman. Je m'en étais donc très tôt remis à lui pour me concocter un déguisement fringant, et, ce faisant, je m'étais approprié en catimini les quelques fragments d'ADN insulaire qui traînaient dans sa salle d'essayage. J'avais été ravi – soulagé, même – qu'il se chargeât de me tailler, à façon, la couverture anglaise qui lui semblait le mieux adaptée à ma personne, et reconnaissant à ce complice involontaire de m'aider à cacher mon corps soviétique sous des costumes croisés et des trois-pièces de bonne facture. Des années durant je m'étais efforcé d'enfouir mon individualité subversive sous un uniforme aussi codé que rassurant qui m'identifiait clairement comme un membre d'une classe acceptable. Des années durant cela avait été du tweed, de la serge et de la laine peignée en hiver, et du lin et du mohair – du mohair Tonik, même – l'été. Ces tissus-là ne froissent pas, monsieur, m'assurait M. Brown, et quand ils froissent, comme le lin, ils le font noblement. En plus, ils sont très résistants, monsieur. Des années durant cela avait aussi été une double fente au dos de mes vestes. Rien d'autre n'irait sur un costume de ville, monsieur, me disait-il. Pas dans ce pays, du moins. Des années durant je m'en étais en fait remis à un tailleur dont le seul souci était de me transformer en une version haut de gamme et onéreuse de Monsieur tout le monde. Ce que je voulais justement. Plus maintenant. Je ne me contentais désormais plus de laisser M. Brown m'habiller comme il habillait ses clients de taille, d'âge et de moyens financiers comparables, et dès que j'eus accepté de me laisser travailler par ma couverture insulaire, je me mis à chercher autre chose dans mes costumes. Quelque chose qui refléterait mieux ce que je pensais être ma vraie personnalité. Alors, pour le plus grand malheur de M. Brown, la serge et les mohairs épais passèrent à la trappe, et les super cents dans toutes leurs déclinaisons et démultiplications firent leur apparition. Mais les super cents n'ont pas assez de volume, monsieur, protesta-t-il. Ils ne vous dureront pas plus d'une saison. C'est de l'argent jeté par les fenêtres, monsieur. M. Brown avait sans doute raison. Je le soupçonnais néanmoins de trop en faire, n'étant pas à l'aise dans la coupe des tissus légers. Et pour son plus grand malheur aussi, la double fente dans le dos céda la place à la fente unique – à l'américaine –, voire à la veste sans fente – à l'italienne. Mais votre vêtement se froissera, monsieur, se désola-t-il. Vous allez vous asseoir dessus. Vous ne pourrez plus mettre vos mains dans vos poches, monsieur. Là aussi, M. Brown avait peut-être raison. Quoique je l'aie suspecté de considérer mon abandon de l'étiquette vestimentaire britannique comme un échec personnel de sa part. D'autant qu'il avait déjà tiqué quand je lui avais commandé une veste à deux boutons, au lieu des trois statutaires.

Mon chemisier n'échappa pas plus que mon tailleur à cette quête aussi tardive qu'effrénée de l'individualité. Non merci, monsieur Simms, plus de poignets mousquetaires sur mes chemises de ville. Restons simples, s'il vous plaît. Pas de triplure dans le col non plus, monsieur Simms. Ça fait trop empesé. Et pas la peine de faire descendre la chemise jusqu'aux mollets. Oui, je sais bien que vous voudriez plus tard y tailler de nouveaux cols et de nouveaux poignets quand ceux-ci seront élimés, mais soyons réalistes, monsieur Simms, j'ai quarante ans passés, et pas d'héritier en vue à qui je pourrais léguer tout ce beau travail. Et pas la peine de faire cette tête-là, monsieur Simms. Les poignets boutonnés et les cols souples ne sont pas la fin du monde civilisé, vous savez. Croyez-moi, monsieur Simms, aucune personne douée de discernement ne confondrait l'une de vos chemises avec ce qu'on peut trouver dans un grand magasin. Même une de vos chemises à poignets simples et à col mou, monsieur Simms. Une personne de qualité remarquera indubitablement vos petits boutons de nacre – à quatre trous, bien sûr, et soutenus par une belle tige se terminant en fleur croisée –, et vos boutonnières, monsieur Simms – de la vraie dentelle –, et mes initiales, monsieur Simms – discrètement brodées sur le devant de la chemise, et ton sur ton –, et cette fine piqûre qui court le long du col, sans parler des ailes d'ange sur les côtés. Non, monsieur Simms, aucune personne de qualité ne confondrait jamais l'une de vos chemises avec du prêt-à-porter. Et même si c'était le cas, même si l'on devait penser que la chemise que j'ai sur le dos vient de chez Marks & Spencer, je saurais bien, moi, que je porte une chemise à façon, coupée à ma taille et à mon goût, dans cet atelier et par vos mains expertes, dans de la popeline double fil ou du coton Sea Island, suivant un patron qui est exclusivement mien et que vous gardez précieusement dans un grand tiroir plat fermé à clé. Une chemise, monsieur Simms, qui sera d'autant plus sophistiquée qu'elle sera simple, et d'autant plus unique qu'elle passera inaperçue.

Puis vint le tour de mon bottier. Fini les richelieus en box pigmenté que rien ne pouvait altérer, et les gros derbys inusables en veau ciré, censés passer de génération en génération dans la même famille. La vachette, et même le kangourou, prirent le relais. Je fis en outre quelques infidélités à mon fournisseur habituel de St. James's Street, en me commandant des mocassins en daim, et d'autres en chevreau, chez un de ses rivaux, certes moins prisé, mais qui n'avait pas son pareil pour confectionner des souliers sans lacets.

D'ailleurs je ne m'arrêtai pas là, puisque j'allai jusqu'à troquer l'Aston Martin vert anglais qui avait fait ma fierté de néophyte britannique, contre une Porsche gris métallique très germanique.

Ma voiture se fit alors plus versatile, mes chaussures plus souples, mes costumes plus légers, mes chemises plus aérées, et petit à petit je me métamorphosai en quelque chose de moins manifestement anglais. Paradoxalement, je n'en étais que plus anglais. Koukouchka avait voulu que j'appartienne à une caste. Voilà que j'appartenais, enfin, à une nation.

Après quoi les Aristos bon teint avec qui je frayais au quotidien, et les Enfants du soleil dandys et excentriques que je me contentais d'observer d'assez loin, et qui jusqu'ici avaient tous évoqué pour moi Brideshead, Harold Acton, les sœurs Mitford et les poèmes de Rupert Brooke, me firent l'effet de personnages sortis tout droit d'un roman de Wodehouse ou d'un sketch des Monty Python. Après avoir squatté, vingt ans durant, un décor de théâtre, j'étais en passe d'acquérir une consistance insulaire qui m'était propre, et Koukouchka me semblait désormais bien loin.

17

QUAND un homme comme moi s'éloigne d'une femme, c'est toujours pour se rapprocher d'une autre. M'éloignant de Koukouchka, j'entrepris donc de me rapprocher d'Emma.

Emma était la dernière d'une longue série de liaisons aussi prévisibles que dépourvues de passion que j'avais pris l'habitude, dès mon arrivée dans l'Ile, d'entretenir avec des Anglaises clonées. Toutes célibataires ou divorcées ; toutes rejetons plutôt artistiques de familles plutôt chasse-pêche-et-traditions ; toutes sœurs, demi-sœurs ou cousines des Aristos aux joues rouges habillés et bottés par Schnieder, Barbour ou Cordings, armés par Purdey ou Holland & Holland, harnachés et sellés exclusivement par W&H Gidden, et sentant tous le chien mouillé, avec lesquels je chassais à courre et à tire.

Mes Emma avaient été toutes belles, de cette beauté qui suscite l'admiration esthétique plus qu'elle n'incite à la concupiscence, et elles avaient toutes duré entre trois et quatre ans. Assez longtemps pour me permettre de projeter une image de stabilité émotionnelle et de monogamie sérielle, mais pas assez pour engendrer une intimité dont je ne voulais pas. La durée moyenne d'une affectation diplomatique, en quelque sorte. Assez longtemps pour faire du relationnel utile, mais pas assez pour passer dans l'autre camp.

Comme toutes les Emma qui l'avaient précédée, Emma faisait partie de ma couverture, au même titre que mon nom, mon magasin d'antiquités, mon club, mes vêtements, et une foule de détails bien fignolés qui incitaient mes amis anglais à féliciter le Canadien que je prétendais être pour les efforts constants qu'il déployait à toujours faire figure de parfait gentleman et se conduire en conséquence.

A l'époque, ma liaison avec Emma touchait à la fin de sa durée programmée, et dans d'autres circonstances je me serais déjà remis en chasse. Je décidai néanmoins, après mon entrevue avec Koukouchka dans cette chambre d'hôtel de Metz, de jouer au sédentaire et de garder Emma auprès de moi. Je venais certes d'être brutalement sevré, et je ressentais sans doute le besoin d'être réconforté par une femme familière. Je venais aussi de me découvrir veuf, et je me cherchais probablement un nouveau point d'ancrage. Mais il y avait plus que cela. C'est comme si j'espérais qu'en croisant mon anglicité chétive avec l'insularité bien enracinée d'Emma, je pourrais donner vie à ce qui n'avait été jusqu'ici pour moi qu'une simple façade. Je passai donc de plus en plus de temps avec elle dans sa maison de Holland Park, je la suivis occasionnellement dans son cottage du Dorset, je m'attachai à sa fille de dix ans, et j'allai jusqu'à m'intéresser à sa musique.

Il me fut assez facile de m'attacher à la petite Sibell, qui ne semblait voir en moi ni une figure du père qui l'avait abandonnée, ni celle d'un parâtre rapporté. Sibell était en outre peu exigeante, et alors que d'autres enfants n'ont de cesse de traîner leurs parents aux quatre coins du pays en quête de nouvelles distractions, son terrain de prédilection se trouvait être à deux pas de chez elle. Sibell était amoureuse de Holland Park, et elle ne disait jamais non à une promenade dans les jardins, ni à une pâtisserie à la buvette qui se donnait l'été des allures de cabane du Montana, mais qui, l'hiver venu, me rappelait les cantines soviétiques étuvées. Surtout, Sibell adorait Leighton House. Elle ne se lassait pas de visiter ce musée très particulier, et elle m'offrait régulièrement des visites guidées des lieux, de ses mosaïques et de ses arabesques. Avec le temps, l'amour que cette enfant avait pour cet endroit magique finit par déteindre sur moi, et je me pris au jeu de l'adulte à temps partiel. J'en vins même à me dire que Sibell pourrait peut-être aider Jonathan à se projeter dans un avenir que personne n'avait pensé lui donner.

Il me fut par contre plus malaisé d'apprécier la musique d'Emma. A l'époque, je me disais que si la musique me laissait si froid, c'est parce que, contrairement à la littérature qui crée un espace privé entre l'œuvre et celui qui la reçoit, la musique est un art grégaire évoluant dans un espace partagé. Je me disais que la musique, en tant qu'art collectif, heurtait le loup solitaire que j'étais. Loup solitaire ou pas, voilà pourtant que j'envisageais de partager ma vie avec un soprano – un soprano amateur, certes, mais un soprano. Je fis donc de mon mieux pour m'intéresser à la musique d'Emma et à son chant, et s'il est vrai que je ne poussai pas la duplicité jusqu'à feindre de lire les paroles du livret lorsqu'elle faisait ses vocalises, je fis néanmoins preuve d'abnégation en l'accompagnant parfois à l'opéra.

Il m'arrivait aussi de passer la nuit chez elle. Certains de mes effets personnels trouvèrent une place permanente dans ses appartements, et très vite je me rendis compte que laisser une femme vous préparer le petit-déjeuner pendant que sa gouvernante repasse vos chemises et que sa fille vous entretient de lord Leighton, peut faire davantage, en quelques semaines, pour créer une intimité entre deux personnes, que des années d'ébats amoureux.

Dans le cas d'Emma, c'était d'autant plus vrai que j'avais toujours envisagé nos rapports sexuels sous le plan de ma couverture d'espion. Choisis tes Emma parmi les Aristos, m'avait dit jadis Koukouchka, ils nous conviennent si bien. Ce ne sont pas de vraies personnes, Micha. Ce sont des images. Des images parlantes. Ne leur donne jamais rien de plus qu'une image de toi. Ta vue et ton ouïe sont les seuls sens dont tu auras besoin avec elles. Oublie tes autres sens, Micha. Ne craque jamais pour tes Emma, m'avait-elle dit aussi. Ne les fixe pas dans les yeux en y cherchant leur âme. Elles n'ont pas d'âme. Ne t'ouvre pas à elles, Micha. Ferme-toi comme une huître, et laisse-les imaginer et rêver. Et si un jour, las de vivre, tu ressens le besoin de jeter l'ancre avec l'Emma du moment, de fonder un foyer et de procréer, tourne-lui immédiatement le dos. Ne donne jamais ton cœur aux Emma, Micha. Ton cœur ne leur appartient pas. C'est à moi qu'il appartient. Et ne va pas les désirer, Micha. Si un jour, croisant une Emma, tu ressens l'envie de l'attraper par les cheveux et de la traîner jusqu'à ta couche, prends vite tes jambes à ton cou. Ne convoite jamais tes Emma, Micha. Et quand tu leur feras l'amour, fais-le sans chichis et sans perversion. Fais-le cliniquement, Micha. Baise-les la lumière allumée, et regarde-les te regarder. Etends-toi à leur côté, et écoute-les parler. Ne te donne pas la chair de poule en fantasmant sur l'intérieur soyeux de leurs cuisses. Ne t'en va pas sucer leurs chauds mamelons à la recherche de je ne sais quel souvenir enfoui. Ne t'excite jamais à les baiser, Micha. Retiens-toi. Toujours. Baise-les consciencieusement, baise-les régulièrement, baise-les bien, et le jour venu quitte-les en bons termes : ni rancune ni regrets. Ton corps – ton beau corps fort et souple – ne leur appartient pas, Micha. Il ne t'appartient même pas. C'est à moi qu'il appartient. J'aurais pu faire de toi un athlète. J'aurais pu te dresser à rapporter des médailles d'or à la patrie. Mais j'ai préféré faire de toi un espion. Plus qu'un espion : un Faucon. Alors va, m'avait-elle enjoint. Envole-toi vers le couchant, squattes-y le nid des capitalistes, séduis leurs femelles, rapporte-moi tous leurs petits secrets. Et c'est ce que j'avais fait.

La première fois que je fis l'amour à Emma après Metz, je fis un effort d'amnésie et la regardai comme pour la première fois. Emma ne fait pas partie de ma couverture, me disais-je. C'est une jeune et jolie femme, et elle m'aime. J'aime son teint pâle, me répétais-je. Et ses cheveux noirs. Et ses grands yeux bleus. Et le rose de ses lèvres tranchant sur la blancheur de ses dents. Et ses petits seins en poire. Et ses jambes interminables. Et sa chute de reins. Je la désire, me disais-je. Je la veux. Mais quand je la touchai, sa peau me sembla irréelle et ce fut ma propre peau que je sentis. C'était comme si sa peau n'était là que pour mieux me faire prendre conscience de la mienne. Et quand je l'embrassai, ce fut à ma propre salive que je goûtai. Et quand je pris son souffle en moi, ce fut ma propre haleine qu'il me renvoya. Et quand je la humai, je ne reçus aucun signal olfactif qui ne fût déjà là. Et quand je la pénétrai, je me rendis compte que tout ce qui m'attirait en elle – sa peau mate, sa chevelure noire, ses yeux bleus, ses lèvres roses, ses seins en poire, ses jambes élancées, son dos cambré – n'était que forme et couleur, c'est-à-dire image. Trois ans durant j'avais refusé de toucher, de sentir et de goûter cette femme-là. Et maintenant que je le souhaitais ardemment, je n'y arrivais plus. Mon désir tomba alors aussi brutalement qu'il était monté, et je sentis le vade-mecum de Koukouchka m'inonder. Je me battis farouchement contre lui, cherchant à l'endiguer. J'étais déterminé à me prouver que Koukouchka avait tort. Puis je sentis le désir d'Emma gonfler sous moi, et du coup j'en oubliai le mien. Je lui faisais à présent l'amour méthodiquement, consciencieusement, en bon élève de Koukouchka et en bon serviteur du Centre. Je me retenais. J'étais sur scène. Je jouais à merveille le rôle de l'amant increvable pour lequel Koukouchka m'avait si bien dressé et auquel la pauvre Emma avait fini par s'habituer, et je ne pouvais décevoir ni l'une ni l'autre. Alors qu'Emma jouissait et que j'attendais poliment, professionnellement, qu'elle se détendît pour me laisser aller à mon tour, je me disais que ce serait mieux la nuit suivante, et encore mieux celle d'après. Mais au fond de moi, je crois que je savais déjà que Koukouchka avait gagné cette manche-là, et qu'Emma ne pourrait pas faire partie du présent de Jonathan. Encore moins de son avenir.

18

Je ne sais si ce fut l'amertume que je ressentis après avoir fait l'amour à Emma qui m'y poussa, toujours est-il que, peu après, je fis le déplacement jusqu'en Cornouaille pour y tester la théorie de Koukouchka sur la sexualité de Grue.

Warbeck Manor, la demeure ancestrale des Héron sur laquelle Grue régnait à présent en châtelaine, était une grande maison décousue datant du Quattrocento anglais, que des siècles de rajouts sédimentaires avaient rendue encore plus hétéroclite, et aussi plus palpée, plus attachante. Il y avait eu l'aventure de l'étain, puis celle de la piraterie, puis celle de la contrebande, puis celle du cuivre, et chacune avait apporté sa contribution à l'édifice : ici une nouvelle aile, là des pignons ouvragés. Les fortunes de la famille semblaient néanmoins avoir périclité après l'aventure du cuivre, aucun travail de restauration ou d'agrandissement n'ayant été effectué depuis sur la bâtisse de granit gris. Pliant sous le poids des droits de succession, victime de la mauvaise gestion qui sied à toute noblesse, la famille avait fini par vendre une ferme après l'autre pour faire patienter les créanciers. Plus récemment, le parc avait été cédé aux autorités du comté qui en avaient fait un golf municipal. Au fil des années le domaine féodal avait rétréci comme peau de chagrin, et la demeure ancestrale avait commencé à se disloquer. Au début on avait décidé de fermer quelques pièces, puis toute une aile, frais de toiture, de chauffage et de domesticité étant la hantise de l'aristocratie désargentée. A un moment ou un autre on avait dû partir en quête de quelque riche héritière américaine à marier : Echangerais sang bleu contre billets verts. Quête ardue, car la Cornouaille n'est pas assez glamour. Elle est trop excentrée. Trop éloignée des circuits du gotha mondain. Trop celtique. Trop peu germanique. Les dollars qu'on y investirait n'achèteraient pas suffisamment de cousins impériaux à Londres. Encore moins sur le Continent. La mission sacrée de maintenir le manoir debout échut donc finalement au Centre, et j'en étais, moi, le trésorier-payeur.

L'actuel tenant du titre, lord Héron, avait jadis été un diplomate plein d'avenir, et le conseiller politique à l'ambassade de Sa Gracieuse Majesté à Washington. Ayant mis à profit son séjour américain pour épouser la fille d'un pétrolier texan et s'interconnecter judicieusement de part et d'autre de l'océan, il se voyait comme l'incarnation même de la relation spéciale anglo-américaine, et il se disait que l'affaire était dans le sac.

C'était il y a une vingtaine d'années. L'Amérique s'apprêtait alors à élire un nouveau président, et l'affectation de Héron à Washington touchait à sa fin. Ayant tiré sur les bonnes ficelles à Whitehall, ce dernier réussit cependant à faire prolonger son séjour dans la nouvelle capitale impériale au-delà de la période statutaire à laquelle les simples mortels du Foreign Office ont droit, et assez longtemps pour se faire d'autres amis. Il reprit ensuite le chemin du Vieux Continent avec, dans ses bagages, un carnet d'adresses impressionnant, et une épouse texane qui ne l'était pas moins. Et quand, après une brève période de ressourcement à l'administration centrale, on lui octroya le poste en apparence anodin et pourtant éminemment sensible d'ambassadeur à Bruxelles – et, par extension, à la Communauté européenne –, tout le monde s'accorda à dire que ce fleuron de l'establishment serait le prochain représentant de la Reine à Washington. Mais Héron avait une longueur d'avance sur eux. Mû par son ambition et aiguillonné par une épouse assoiffée de pouvoir, il voyait bien plus loin que son nez racé et regardait déjà de ses beaux yeux bleus par-delà l'ambassade de Washington, vers Whitehall et vers le poste de sous-secrétaire permanent au Foreign Office, voire de directeur de la Fonction publique.

On raconte que, quand la rumeur de sa prochaine affectation américaine enfla et traversa l'Atlantique, le département d'Etat avisa Londres, diplomatiquement mais fermement, que le choix de Héron comme ambassadeur ne serait pas très approprié dans l'immédiat. Et quand le Foreign Office annonça aux Héron, avec tous les ménagements d'usage, qu'ils feraient mieux d'oublier Washington pour l'instant, le couple en fut aussi déconfit qu'un bookmaker véreux qui, ayant truqué un combat de boxe, verrait soudain son favori étendu pour le compte.

Un nombre impressionnant d'histoires circulèrent à l'époque sur les raisons qui avaient pu pousser le département d'Etat à déclarer ainsi Héron *persona non grata*. Selon la plus prisée d'entre elles, la jeune, jolie et impétueuse Mme Héron, qui avait jadis jalonné de coucheries la longue route reliant Houston à Washington, aurait un jour eu des mots peu flatteurs au sujet de la virilité du nouveau président, qu'elle avait connu alors qu'il n'était que simple gouverneur, s'étonnant tout haut qu'un si grand pays puisse être dirigé par un homme aux parties génitales aussi petites. Bien entendu, nombreux furent ceux qui s'en offusquèrent et qui récusèrent cette version grossière des faits. Mais quand, nonobstant la taille et le poids de ses attributs virils, ledit président fut réélu par le peuple américain pour un deuxième mandat, et que l'embargo sur Héron fut du coup reconduit, ladite version, aussi grossière qu'elle pût être, gagna considérablement en crédibilité.

Après quoi Mme Héron donna libre cours à son tempérament combatif de Texane, s'engageant publiquement à châtrer tous ces fils de pute. Mais Héron, en diplomate chevronné, se rendit vite compte que l'influence des Etats-Unis à Londres était telle que cette affaire, qui mettait fin à son rêve américain, risquait aussi de ralentir considérablement, voire d'enrayer définitivement, son ascension au sein du Foreign Office et de la Fonction publique.

On ne s'étonnera pas qu'il en ait gardé rancune à tous ses amis de Washington qui l'avaient si lâchement laissé tomber. Il garda néanmoins sa rancune pour lui, tempéra les excès verbaux de sa colérique moitié, et continua à donner le change en ne parlant de l'Administration américaine et du peuple américain que dans les termes les plus courtois. Quoique, un soir d'hiver, et dans un geste de rage latine qui ne lui ressemblait guère, il jetât au feu son précieux calepin Smythson d'adresses américaines, avant de se raviser quelques instants plus tard et de se roussir les doigts en voulant le récupérer.

Héron rongea donc son frein, mais il ne pensait qu'à ses représailles. Et un jour, sans doute sous l'influence du temps bruxellois maussade, il décida de répondre à la traîtrise par la traîtrise. Comme s'il eut soudain été touché par la grâce, il se rappela que les Etats-Unis ne s'étaient joints au conflit contre les puissances de l'Axe qu'après Pearl Harbor, et que l'Allemagne nazie leur eut déclaré la guerre. Il se rappela aussi que, dès 1940, Roosevelt avait pressé Churchill de rétrocéder Hong-Kong à la Chine ; que Washington avait trahi Londres dans l'affaire de Suez ; que l'Amérique avait empêché la Grande-Bretagne d'acquérir une force de frappe indépendante ; et que le gouvernement de Sa Majesté n'exerçait aucun contrôle sur les bombardiers stratégiques et les missiles atomiques américains stationnés sur son territoire. Il en conclut que, n'en déplaise à tous les chantres britanniques de la relation spéciale anglo-américaine, cette relation-là ne fut jamais spéciale pour les Américains.

Heureusement pour le Centre, en ce temps-là aucun américanophobe qui se respectait ne pensait encore à une Europe unie comme alternative réaliste à la dérive atlantiste de l'Angleterre. Héron fit alors un bond atavique et se joignit à l'élite des traîtres qui avaient, avant lui, pris le chemin de Moscou. Il est vrai qu'à l'époque où il décida de trahir son pays, l'Union soviétique n'était déjà plus celle qui avait attiré Kim Philby et ses amis. Mais nécessité fait loi.

C'est à Bruxelles, et à une bête réception diplomatique, que Héron fut recruté, par un lieutenant-colonel façon cocktail qui devait par la suite gravir tous les échelons du Centre grâce à ce seul fait d'armes. Koukouchka, qui connaît bien ce lieutenant-colonel – aujourd'hui un général trois étoiles – a une interprétation des choses différente. A l'en croire, Héron, qui avait déjà décidé de franchir le pas, aborda tout simplement le premier diplomate soviétique aux allures louches qu'il croisa.

Toujours est-il que Héron fut recruté, et que dans les mois qui suivirent, il livra une quantité considérable de documents classifiés qui confortèrent Moscou dans sa conviction que les Anglais étaient aussi rétifs à l'idée de se lancer dans l'aventure européenne que déterminés à maintenir des liens privilégiés avec les Américains. En temps utile, Moscou organiserait des fuites en ce sens vers ses amis d'Athènes et de Rome – y compris des remarques désobligeantes émises par des ministres insulaires à l'égard de leurs collègues continentaux –, et laisserait les Grecs et les Italiens semer la discorde en transmettant ces mêmes informations aux Français et aux Allemands. Petite contribution soviétique à la construction européenne.

Héron espionnait pour le Centre depuis un an déjà quand il annonça à son traitant qu'il envisageait de mettre son épouse dans la confidence et de tout lui dire sur sa nouvelle vocation. C'était, à vrai dire, une décision mûrement réfléchie. Héron continuait en effet à vivre au train auquel il avait été accoutumé grâce à l'empressement penaud que le Foreign Office montrait à lui accorder les privilèges qui vont avec une influence qu'il n'avait plus. Mais il savait qu'il ne pourrait pas compter indéfiniment sur l'embarras et le sentiment de culpabilité de ses collègues et amis. Qui plus est, son affectation à Bruxelles touchait à sa fin, et il ne voyait rien venir hormis quelque terne ambassade, ou quelque morne boulot à Whitehall. Dans tous les cas, un poste sans panache, et sans le luxe et les mondanités auxquels sa femme exigeante tenait tant.

Héron le savait, quand elle lui avait jadis dit oui son épouse était convaincue qu'il la ramènerait à Washington en conquérante, et qu'il la porterait jusqu'au sommet de la ziggourat britannique. Et voilà qu'elle se retrouvait attelée à un cheval non classé, mariée à l'héritier vieillissant et impécunieux d'une obscure baronnie de province, et condamnée à se contenter, en guise de notoriété, d'inaugurer les Floralies de Falmouth. Sa volatilité s'était accrue dernièrement, et ses escapades, longtemps limitées à des cinq-à-sept discrets, se prolongeaient à présent jusqu'au petit matin. Héron escomptait sans doute qu'en comprenant que son époux n'était pas l'homme lessivé qu'elle croyait mais un espion fringant, un peu de piquant viendrait relever leur mariage sans saveur. Il espérait peut-être aussi qu'en découvrant que ce même mari ne se contentait pas de tromper la Reine, mais qu'il la trompait également, une petite flamme renaîtrait dans leur vie sexuelle éteinte.

Mme Héron ne s'offusqua nullement quand son mari lui fit part de sa trahison et lui proposa de rencontrer ses nouveaux amis. Car, non seulement elle partageait le ressentiment de Héron à l'égard de l'Administration américaine et son mépris pour le gouvernement britannique, mais elle les encourageait vivement, renforçant ainsi l'idée prévalant dans le ménage selon laquelle c'étaient ces salauds de Washington et ces mauviettes de Whitehall (et non ses propres indiscrétions) qui étaient responsables du mauvais tournant pris par la carrière de son mari et des déboires du couple.

Elle avait à l'époque des raisons plus prosaïques d'applaudir l'initiative prise par son époux. Un malheur ne venant jamais seul, son papa coureur de jupons était en effet décédé intestat, la laissant en procès avec une douzaine de demi-frères et une demi-douzaine de belles-mères. En attendant une décision de justice qu'elle espérait rapide et favorable, elle ne pouvait donc compter que sur une pension octroyée au compte-gouttes. La vache à lait soviétique, se disait-elle, serait la bienvenue en cette période de vaches maigres.

Aussi impeccables qu'aient pu être les lettres de créance de Mme Héron, et claires ses motivations, le Centre n'en regimba pas moins contre la suggestion de Héron de la mettre dans leur secret. Il faut dire que la réputation de Mme Héron l'avait précédée à Moscou. Traiter un Héron légèrement caustique et plutôt accommodant était une chose, gérer son épouse terrifiante et son caractère de chien une autre. Le Centre n'avait cependant pas le choix. S'étant lancé dans une bataille perdue d'avance, Moscou finit par accepter d'avoir Mme Héron à bord et officialisa quelque temps après cette adoption en lui octroyant un nom de code. C'est ainsi que Mme Héron devint Grue, et qu'après avoir managé – et ruiné – la carrière diplomatique de son mari, elle prit en charge sa nouvelle carrière d'espion.

L'occasion se présenta rapidement à elle de rappeler à ses nouveaux amis soviétiques qui menait la danse. Alors que l'affectation bruxelloise de Héron touchait à sa fin, et que les mandarins du Foreign Office se grattaient la tête pour lui trouver un poste qui lui permettrait de sauver la face, on lui donna le choix entre une ambassade dans une ancienne colonie africaine, et la Direction Europe à Londres même. Evidemment, le Centre plébiscita la Direction Europe en se frottant les mains à l'idée d'un déluge de documents secrets. C'était sans compter avec Grue, qui voyait les choses différemment. Elle nourrissait encore – et c'était tout à fait compréhensible – une véritable aversion pour tout ce qui était anglo-saxon – même, ce qui n'est pas peu dire, pour les mâles de cette race –, et elle se disait donc prête, plutôt que d'aller vivre en Angleterre, à s'exiler en Afrique. Là au moins, elle pourrait jouer à la Reine blanche avec les indigènes.

Le Centre était au tapis, et presque pour le compte, quand le papa de Héron le sauva inopinément en passant l'arme à gauche. Le décès opportun de Héron père propulsa en effet Héron à la baronnie, et lui apporta le manoir cornique et le domaine en croisillons qui allaient avec le titre. Le service funèbre, célébré dans la cathédrale de Truro par un archevêque et auquel assistaient toute la noblesse et la gentry du comté précédées par un représentant du prince de Galles, contribua largement à atténuer l'aversion de Grue pour les Anglo-Saxons. Grue aurait pu tourner le dos à l'Angleterre. Lady Grue, la châtelaine de Warbeck, le pouvait difficilement. Contre toute attente, le Centre gagna donc cette manche, et je me joignis à la partie.

Ma première rencontre avec le couple eut lieu dans un somptueux hôtel particulier de Vienne qui ressemblait à tout sauf à une planque. Le choix que Koukouchka avait fait de la capitale autrichienne était judicieux, puisqu'il suggérait à Héron et à Grue que Vienne avait beau être du mauvais côté du Mur, le Centre ne s'y sentait pas moins chez lui. Le choix de l'hôtel particulier l'était autant, puisqu'il faisait miroiter aux deux traîtres une opulence dont ils pourraient continuer de profiter tant qu'ils cotiseraient.

En bon professionnel, je m'étais pointé au rendez-vous les plumes gonflées et prêt à entamer ma danse du paon, mais Grue occupait déjà les devants de la scène. Elle rayonnait, sculptée dans un fourreau émeraude qui faisait ressortir ses yeux verts, ses cheveux auburn, et son cou et ses poignets diamantés. Elle trônait, sûre de sa beauté et de son pouvoir retrouvé, et rehaussée par la banalité des smokings qui l'entouraient. Même Koukouchka était éclipsée, ce soir-là. Ou alors s'était-elle laissé éclipser. Quant à Héron, il avait adopté la position en retrait qui serait dorénavant la sienne.

A peine Grue eut-elle posé les yeux sur moi qu'elle se découvrit une raison supplémentaire d'espionner pour Moscou. Ce soir-là, elle ne se priva d'ailleurs pas de dire à Koukouchka – parlant de moi comme si je n'étais pas là – qu'elle souhaitait me voir quand l'envie lui en prendrait. Et Koukouchka lui répondit oui. Koukouchka, semble-t-il, tenait tellement à Héron et à Grue qu'elle jeta son vade-mecum par-dessus bord et accepta de me placer à la merci de l'Américaine.

Oublié les codes secrets, les signaux à la craie, les boîtes aux lettres, les rendez-vous de repli, et toute la panoplie habituelle de l'espionnage dont le Centre fait d'ordinaire usage, parfois parce qu'il faut bien jouer selon les règles, le plus souvent pour garder un avantage psychologique sur ses agents. Avec Héron et Grue, Koukouchka ne semblait pas même craindre que les Busards de Curzon Street s'intéressent à cette amitié soudaine nouée entre un diplomate britannique de haut rang et un jeune antiquaire d'origine canadienne. Koukouchka estimait probablement que qui de droit en conclurait que j'étais la dernière trouvaille amoureuse de lady Grue, et que l'affaire en resterait là.

Après quoi, chaque fois qu'elle en ressentait l'envie, Grue prenait le téléphone et m'appelait – mieux encore, elle me faisait appeler par son mari –, et moi, en bon agent secret-petit minet, je laissais tout tomber et j'accourais. Il est des espions qui vivent au rythme du calendrier adverse, attendant une réunion cruciale, et priant que leur source se saisisse du procès-verbal et vole vers eux avec son offrande. Je vivais, quant à moi, au rythme des caprices libidinaux de Grue. Koukouchka aussi, d'ailleurs.

Heureusement pour Koukouchka, les deux premières années je fus très sollicité. Semaine après semaine je me voyais convié à la résidence londonienne du couple à Pimlico, et semaine après semaine Koukouchka recevait une version microfilmée des documents que Héron dérobait, et que je photographiais tandis que Grue nous regardait jouer aux comploteurs du dimanche. Semaine après semaine la même chorégraphie se répétait. Alors que Héron étalait fébrilement les documents volés sur la table Queen Ann de la chambre à coucher, et que je m'apprêtais tout aussi fébrilement à les photographier, Grue se laissait tomber sur le lit en s'étirant lascivement à l'idée du plaisir qui l'attendait. Immanquablement, dix minutes après elle perdait patience et promenait un pied aux ongles vernis entre mes jambes et le long de mon dos. Dix autres minutes et elle en était à tirer d'une main aux ongles également vernis sur le pan de ma veste. Je lui résistais rituellement jusqu'à ce que mon travail de photographe soit terminé. Rituellement, je disais « Bon », et c'était là le signal qu'elle attendait pour m'attirer violemment vers elle. Je basculais ensuite sur le lit et la laissais me déshabiller alors que Héron remettait les documents volés dans sa vieille serviette au cuir bien craquelé de haut fonctionnaire de Sa Majesté. Un flot d'informations secrètes coulait alors vers Koukouchka, et le Centre pouvait se targuer de tout savoir sur les tractations entre Londres et Bruxelles, et d'avoir l'œil rivé sur les plans européens de l'Alliance atlantique.

Mis à part la qualité de ses renseignements, les espiocrates du Centre, qui s'illusionnaient à croire qu'ils traitaient Héron, applaudirent ce rythme hebdomadaire de fournitures, espérant s'en servir plus tard comme d'un précédent pour mettre la pression sur leur agent quand son zèle tomberait. Mais Koukouchka ne se faisait aucune illusion. Elle savait que ni les espiocrates du Centre ni moi ne traitions vraiment Héron. Elle savait que Grue était la seule raison pour laquelle Héron trahissait. Oublie Héron, Micha, m'avait-elle dit. Oublie-le et concentre-toi sur sa drôle de femme. Plus facile à dire qu'à faire.

La première grande crise que j'eus à gérer intervint après une déclaration solennelle – car c'est bien ainsi qu'elle l'entendait : une sorte de communiqué numéro un – que Grue fit lors d'un dîner en ville. En bon produit des collèges anglais, Héron n'avait peut-être pas cure de manger sa viande et sa vengeance froides, mais Grue, elle, refusait d'attendre son heure et faisait feu de tout bois. Et si, dans la plus pure tradition des classes dirigeantes britanniques, Héron s'accommodait fort bien d'avoir son âme dans un endroit et son corps dans un autre, Grue, elle, avait un besoin maladif d'appartenir corps et âme. Trouvant les Américains trop répugnants et les Anglais trop méprisables, mais ne pouvant par ailleurs s'identifier publiquement aux Soviétiques qu'elle servait secrètement, elle se tourna naturellement vers ses racines texanes. Elle se mit donc à afficher des opinions indépendantistes, demandant, par exemple, si l'édifice, dans St. James's Street, qui avait jadis abrité la légation texane, ne serait pas des fois à vendre. Non qu'il eût été sur le marché, ou qu'elle ait été en mesure de se l'offrir s'il l'avait été, mais c'était là sa façon de faire les bruits qu'il fallait, dans les endroits qu'il fallait, en faveur d'un Texas libre. Ce fut une déclaration sécessionniste de ce genre, faite à l'occasion d'un dîner mondain et reprise par une presse populaire en mal de scoops, qui attira sur elle l'attention des Américains et des Britanniques et fit souffler un vent de panique sur Moscou.

Prenant les choses en main, je décidai de ne pas la caresser à rebrousse-poil. Abondant dans son sens, je lui suggérai de créer un chapitre londonien des Filles d'Alamo et d'investir quelques roubles recyclés dans un restaurant tex-mex à Londres. Ce qu'elle fit, et petit à petit son militantisme texan devint de moins en moins politique et de plus en plus folklorique, l'ambassade américaine se désintéressa d'elle, les Britanniques cessèrent de remarquer l'autocollant à l'Etoile solitaire ornant sa voiture, et Moscou put respirer.

Mes conseils judicieux incitèrent en outre Grue à me regarder avec d'autres yeux. Elle ne se contenta désormais plus de nos étreintes lubriques de Pimlico, et, peu après, je fus gracieusement invité à passer le week-end chez elle dans son fief cornique.

Koukouchka se félicita de cette promotion. Elle annonçait, pensait-elle, une intimité – surtout une continuité post-libidinale – dont elle ne pourrait que profiter. Cela m'incita aussi à croire qu'avec Grue, j'étais désormais entre amis et égaux. Il faut dire que je prenais déjà un plaisir certain à nos ébats, et même quand Héron était là à nous regarder, avant de se joindre brièvement à nous pour le finale, il m'arrivait parfois d'oublier que j'étais en service commandé. De temps à autre, cependant, quand je me laissais trop aller et que je prenais avec elle un ton un tantinet familier, sa voix impérieuse de fille gâtée venait me rappeler qu'entre nous, la relation serait toujours de maître à serviteur. Même si, comme c'était le cas, c'était le serviteur qui payait les factures de son maître.

Quant à Héron, plus il avançait en âge, plus il avait tendance à se fondre dans le décor d'une scène désormais occupée par sa femme et moi. Il est vrai qu'il n'avait jamais, même à ses débuts, joué un rôle de premier plan dans toute cette affaire, et les années qui passaient ne firent que renforcer cette tendance qu'il avait eue, en héritant de la baronnie, à hanter la maison ancestrale plutôt qu'à y vivre. De figurant, il s'était au fil du temps transformé en simple accessoiriste, sa contribution se limitant à piquer des documents et à les rapporter à Grue qui les négociait pour lui. Et lorsqu'elle et moi donnions libre cours à nos fantasmes les plus fous, il se suffisait du rôle d'un voyeur bénin, s'installant confortablement dans un fauteuil l'air de dire : Faites comme si je n'étais pas là.

Tant et si bien que je me muai petit à petit en second – voire en premier – mari de Grue. Un mari qu'elle trompait, certes, mais auprès duquel elle finissait toujours, une fois repue, par retourner. Un mari qui connaissait ses besoins financiers et pouvait les assouvir, un mari qui connaissait ses lubies sexuelles et savait s'y prêter, un mari qui connaissait son secret inavouable et le taisait. En retour, elle faisait de son mieux pour satisfaire le Centre et pour rendre Koukouchka heureuse. Chemin faisant, elle façonnait aussi ma sexualité, y apportant une lascivité érotique, une hargne animale et une crudité jubilatoire que j'avais peine, je l'avoue, à trouver chez les Anglaises bien rangées qui allaient avec l'accoutrement anglophile que Koukouchka avait imaginé pour moi.

Bien sûr, avec le temps, l'effet chair fraîche que je faisais à Grue pâlit, et plus elle s'intégrait à la bonne société, plus elle se trouvait des amants ailleurs. Bientôt nos débats-ébats passèrent d'un rythme hebdomadaire à un rythme mensuel plus lent, lui-même interrompu de temps à autre par quelque aventure torride qu'elle vivait, quand l'échange rituel de billets de banque et de liqueur séminale contre documents et jus vaginaux s'asséchait, et que Koukouchka prenait son mal en patience.

Je parvins néanmoins à surnager et à supplanter tous mes rivaux. Il faut dire que j'avais sur chacun d'entre eux un très grand avantage, car je tenais les cordons d'une bourse à laquelle Grue tenait énormément depuis qu'elle avait perdu le procès qui l'opposait, à Houston, aux autres héritiers de son père, perdant du coup foi en le Texas et en son système judiciaire.

Mais l'argent et le sexe ne sont pas tout dans la vie. Même Grue en conviendrait, elle qui ne se contentait apparemment plus de mes paiements et de mes attouchements, de mes versements et de mes écoulements. Elle attendait de toute évidence autre chose de moi. Quelque chose que je ne semblais plus en mesure de lui donner. C'était d'ailleurs pour tirer cela au clair et identifier le troisième élément de cette trinité impie que j'avais fait le déplacement jusqu'en Cornouaille peu de temps après ma rencontre avec Koukouchka.

Pour l'occasion, j'avais laissé tomber le train et fait le long trajet dans ma Porsche. J'avais aussi laissé derrière moi mes tweeds campagnards, et je m'étais présenté à Warbeck Manor vêtu de cachemire et de flanelle sombres. Je souhaitais en effet projeter vers Grue une image qui serait cohérente avec le message que j'étais venu lui transmettre.

Au dîner, et au risque de commettre une faute de goût, j'avais omis de mettre le smoking de rigueur, lui préférant un costume de ville à motifs caviar que je portais ce soir-là sur un col cheminée noir. Ma voiture et mes vêtements étaient en réalité autant de signaux destinés à informer Grue qu'elle n'avait plus affaire à un clandestin anglicisé, mais à un Continental – un Eurasien, même –, sûr de lui et du pouvoir qu'il représentait, et qui n'avait plus peur de s'afficher.

C'est ainsi vêtu que je lui fis part du message de Koukouchka, que je lui parlai de la Nouvelle Russie, et des fonds de la Banque mondiale et du FMI qui continueraient de se déverser sur Moscou tant que les ogives nucléaires seraient là – et sur elle aussi, bien sûr, tant que les renseignements de son mari seraient là. C'est ainsi vêtu que je la vis retrouver la foi, et que je perçus dans ses yeux l'éclat d'un désir renouvelé pour moi. Et c'est dévêtu, et au lit, que je scellai avec elle cette même nuit, et sous les yeux de son mari, un nouveau pacte de trahison. Pour la première fois depuis des mois, je n'étais plus le garçon de courses d'un commanditaire en faillite. Pour la première fois depuis des mois, je n'étais plus un castrat. J'étais redevenu un homme. Un homme de pouvoir. Un homme d'avenir. Et elle me désirait. Ardemment. Il m'en coûtait de le reconnaître, mais Koukouchka avait encore une fois eu raison.

19

Raison ou pas, j'avais décidé de rompre avec Koukouchka. Au fil des mois, alors que mon vernis anglais prenait, j'entrepris donc de fermer tout doucement le robinet, espérant ainsi sevrer le Centre sans le brusquer. Je voyais toujours mes sources à intervalles réguliers, et je remplissais et vidais toujours religieusement la boîte aux lettres morte de Hampstead Heath, mais je faisais aussi de la rétention, laissant de côté des renseignements de qualité que je me serais, par le passé, empressé de transmettre à Moscou. Tant et si bien que les rapports de mes agents se firent de plus en plus rares, leurs réponses aux questionnaires du Centre de plus en plus imprécises, et plus le temps s'écoulait, plus je me persuadais que Koukouchka conclurait un jour prochain que, mes sources se tarissant, le mieux serait encore d'endormir tout ce beau monde – moi compris –, et de l'oublier en attendant des jours meilleurs.

J'étais assez fier de la manière dont je m'y pris pour convaincre Loriot de ne plus trop en faire. Un jour, je trouvai en effet dans notre boîte aux lettres de Newcastle un gros pavé qui fit chavirer mon cœur. Loriot, semblait-il, s'était fait coopter dans un nouveau comité européen chargé d'examiner l'état déplorable des centrales nucléaires des pays de l'ancien Bloc soviétique, et il avait réussi à mettre la main sur une copie du rapport que ledit comité devait soumettre à qui de droit à Bruxelles. Certes, ce n'était là qu'un rapport d'experts, mais je soupçonnais que le Centre n'en serait pas moins friand. D'autant qu'il comprenait des recommandations précises et chiffrées sur les compensations financières que l'Europe pourrait octroyer à la Russie et aux anciens pays frères afin de les convaincre de fermer certaines centrales jugées particulièrement dangereuses. Exploités à temps, ces renseignements donneraient au Centre un avantage certain sur le lobby russe du nucléaire. De ce fait, ils épousaient parfaitement la nouvelle philosophie du Centre. Et c'est bien ce qui m'inquiétait. Car si Koukouchka se découvrait un amour soudain pour Loriot, j'aurais d'autant plus de mal à me désengager d'elle. Je m'abstins donc de transmettre le document à Moscou, et quand je revis Loriot je lui conseillai vivement la prudence. Les Israéliens, lui précisai-je, faisaient campagne contre la bombe islamique, et le physicien nucléaire d'origine pakistanaise qu'il était serait bien avisé de se faire plus discret. Bien qu'il n'ait que très modérément apprécié que je lui rappelle ainsi ses origines, Loriot n'en suivit pas moins sagement mon conseil, et je réussis ainsi à éviter d'avoir à faire l'intermédiaire dans un échange mercantile florissant entre lui et le Centre.

Rien ne symbolisait mieux, à mes yeux, le changement d'ethos et de mode opératoire intervenu à Moscou que les tentatives maladroites et pitoyables des espiocrates du Centre pour faire de Tourterelle une espionne aussitôt qu'ils ne furent plus en mesure d'en faire usage comme d'une Chuchoteuse. Untel a-t-il dit quelle attitude le gouvernement britannique entendait adopter quant à l'élargissement de l'Europe vers les pays de l'Est ? Untel savait-il combien d'argent l'Union européenne envisageait d'avancer à la Russie ? Untel avait-il parlé de l'avenir de l'Alliance atlantique ? C'était pathétique ! Comment diable Tourterelle l'aurait-elle su ? Elle était la Cassandre de ses clients, non leur père confesseur !

J'étais frappé par la symétrie entre Tourterelle et moi : son aliénation au mage tadjik reflétait ma propre aliénation à Koukouchka ; elle n'arrivait plus à comprendre les étoiles, je n'arrivais plus à comprendre Moscou ; et l'usage perverti auquel le Centre la soumettait à présent faisait écho à la tâche écœurante de promoteur des intérêts russes privés que Koukouchka m'avait confiée.

J'étais plus que jamais décidé à rompre avec Koukouchka. Je devais néanmoins lui donner le change.

Et le coucou, dans l'arbre, se rit de l'époux

Alors, chaque premier dimanche du mois, je rejoignais Hibou dans le meublé qu'il avait déniché à Cardiff quand je lui avais demandé de nous trouver une autre planque discrète, et qu'il s'était mis en quête d'un nouveau nid d'amour.

20

LE dernier en date de nos nids d'amour était un vieux hangar portuaire reconverti en loft d'artiste par un homme d'affaires de Cardiff qui s'était refait dans l'immobilier après le déclin des charbonnages gallois. C'était notre sixième planque en trois ans de liaison clandestine, après celles de Solihull, de Bristol, de Northampton, de Reading et de Coventry. Toutes situées dans des agglomérations urbaines, toutes dans un rayon d'une centaine de kilomètres autour de Cheltenham, toutes payées six mois d'avance et en espèces, généreux dépôt de garantie en sus et aucune question posée.

Ce n'était certes là que des planques, mais Hibou n'avait de cesse, en dépit de mes avertissements répétés, d'y mettre sa touche personnelle : sa hi-fi et ses vieux vinyles, ses livres d'art et ses ustensiles de cuisine, ses crèmes pour le visage et ses lotions pour les cheveux, et ce portrait encadré de sa mère qu'il déployait comme un étendard dès son arrivée.

C'était Hibou qui, trois ans auparavant, avait choisi

le dimanche pour nos rendez-vous clandestins. Non qu'il n'ait pas eu du temps libre en semaine, puisqu'il était son propre patron, et non qu'il ait eu besoin de ses samedis pour chiner ou faire son marché, mais parce que le dimanche, qui est le jour du Seigneur, se trouve être aussi le jour de la famille, et Hibou recherchait à travers nos retrouvailles dominicales la preuve que lui et moi appartenions à la même famille.

Bien plus que le plaisir charnel que je pouvais lui procurer, c'était cette fiction familiale, à laquelle il s'accrochait encore plus depuis la mort de sa mère, qui contribuait à maintenir entre nous un lien fort, en dépit de tout ce qui se passait à Moscou. Hibou continuait donc de me fournir ses précieux renseignements comme si de rien n'était, comme si le Mur n'était jamais tombé, comme si la Bannière rouge flottait toujours sur le Kremlin – ou, plus exactement, comme si tout cela ne lui importait guère –, mais j'avais, quant à moi, d'autres projets en tête.

Sept ans auparavant, alors qu'il rentrait à l'université, Hibou avait été repéré par un dénicheur du Centre qui l'avait assez justement décrit comme un homosexuel au tempérament d'artiste, aussi timide qu'intense, très épris de musique et d'art culinaire, profondément attaché à une mère souffrante, et qui en voulait farouchement à un père qui se trouvait par ailleurs être un haut fonctionnaire du Trésor. Hibou, avait ajouté le dénicheur, était partant pour tout ce qui pouvait contrarier son paternel, de l'art avant-gardiste à la cuisine française. Hibou, avait-il conclu, ferait une parfaite recrue Homintern : l'Internationale homosexuelle. Tout ce dont, en fait, le Centre pouvait rêver.

Hibou fut alors tamponné et recruté par un hommasse du Centre, et dûment traité par lui suivant un dosage savant de sodomie et de gastronomie. Trois ans durant il déposa sur l'oreiller énormément de bile sur son père, et tous les gribouillis savants que ce dernier concoctait le week-end pour tenter d'augmenter les recettes de l'Etat sans trop fâcher l'électorat. Et quand, ayant refusé une offre très alléchante de la City, le père de Hibou couronna sa carrière à Whitehall par un adoubement et prit sa retraite dans la propriété de sa femme dans les Cotswolds, quelqu'un à Moscou de géographiquement féru fit remarquer à Koukouchka que Cheltenham était dans les Cotswolds, et que les Grandes Oreilles – par l'entremise desquelles les Britanniques espionnaient sans vergogne *urbi et orbi* – se trouvaient justement à Cheltenham.

Koukouchka fut rapide à saisir tout l'avantage à tirer d'une heureuse alchimie entre la passion de Hibou pour la cuisine, le pedigree impeccable de son père, la demeure familiale de sa mère, et la nouvelle philosophie de réduction des coûts qui animait le gouvernement de Sa Majesté. Ayant réussi à prendre Hibou sous son aile, elle l'incita donc à passer outre à son aversion pour son géniteur, et à s'installer à Cheltenham où il pourrait être aux côtés de sa mère. Elle l'encouragea aussi à faire carrière dans la restauration industrielle, et, en donnant libre cours à ses penchants culinaires, à alimenter le Centre tout en améliorant l'ordinaire des serviteurs de la Reine.

Hibou se laissa convaincre, mais Koukouchka ne s'arrêta pas pour autant en chemin. Tablant sur la campagne politiquement correcte en faveur des handicapés, qui battait alors son plein, elle poussa Hibou dans ses derniers retranchements en exigeant de lui qu'il fasse la part belle, dans son choix de collaborateurs, à ses semblables à qui Dame Nature avait joué un bien mauvais tour. Hibou se rebiffa d'abord à l'idée d'avoir à frayer, jour après jour, avec des gens qui tranchaient horriblement avec le monde esthétique qu'il s'était construit. Finalement, ayant sans doute eu une pensée pour sa mère grabataire, il accepta, et Koukouchka eut sa cerise sur le gâteau.

Hibou pouvait désormais compter sur l'appui des autorités et exploiter à fond le sentiment de culpabilité que le lobby des handicapés générait dans l'opinion. Dire non à l'offre de services de Hibou, c'était dire non aux handicapés, et aucune administration publique sensée n'aurait répondu non à la légère aux handicapés. D'autant que ces mêmes handicapés, ainsi promus à la dignité de salariés, aidaient le Chancelier à réduire le déficit du budget. L'entreprise de Hibou prit donc l'avantage sur la concurrence et s'assura la clientèle de bon nombre de cantines officielles dans les Cotswolds, dont celle des Grandes Oreilles. Koukouchka avait maintenant sa source dans la place, et elle s'empressa de la rebaptiser Hibou en pensant, justement, au hibou moyen-duc – *asio otus* –, dit hibou grandes-oreilles.

Certes, Hibou et ses collaborateurs disgracieux ne pouvaient déambuler dans les lieux à leur guise. Mais comme Koukouchka le fit remarquer à l'époque, si Hibou n'avait pas accès aux recoins les plus sensibles des Grandes Oreilles, les cadres des Grandes Oreilles, eux, se rendaient régulièrement au bar et au restaurant, et ils y parlaient, autour des tables bien dressées et des cocktails bien frappés de Hibou, de choses et d'autres dont aucune ne laissait le Centre indifférent.

C'est alors que je fis mon entrée dans la vie de Hibou, qui en oublia vite son hommasse et jeta son dévolu sur moi. J'étais, à vrai dire, plutôt flatté par ce coup de foudre. C'était ma première vraie relation homosexuelle, et il me plaisait de voir que mon charme opérait autant sur les hommes que sur les femmes. Les véritables raisons de l'engouement de Hibou à mon égard étaient cependant tout autres. Hibou s'était vite rendu compte que je n'étais pas l'hommasse pro que je prétendais être, mais un hétérosexuel qui s'essayait aux amours homosexuelles. Et c'est ce qui l'avait attiré vers moi. Entre Hibou et son hommasse, la relation avait toujours été à sens unique : l'hommasse avait séduit Hibou, mais il ne se laissait pas séduire par lui. Avec moi, Hibou pouvait espérer que les choses évolueraient différemment.

Il entretint donc très tôt l'espoir de me conquérir, et c'est ce qui explique la rapidité avec laquelle il m'accepta. Mais cela voulait également dire que notre relation serait placée sous le signe de la tendresse autant que sous celui du désir. Plus tard, nous le paierions tous deux chèrement. Cependant, en attendant, tout semblait aller pour le mieux : après avoir chuchoté les secrets du Trésor à l'oreille de l'hommasse, voilà que Hibou chuchotait les secrets des Grandes Oreilles à la mienne.

21

MA liaison avec Hibou dura trois ans. Elle survécut à la mort de sa mère. Elle survécut à la chute du Mur et à l'effondrement de l'Union. Elle survécut même à l'ouverture d'un McDonald's à Moscou. Mais elle ne survécut pas à Glyndebourne.

Un jour, voulant faire plaisir à Emma, je l'avais en effet accompagnée au festival de Glyndebourne. On y donnait, cette saison-là, une représentation de *La Dame de pique*, avec Youri Marusin dans le rôle d'Hermann. Cet opéra de Tchaïkovski tiré d'une nouvelle de Pouchkine était chanté en russe, et à une autre époque je l'aurais évité comme la peste. Mais les temps avaient changé, et je me disais insolemment que je tirerais un malin plaisir à suivre le texte dans le livret anglais tout en prétendant ne rien comprendre à ce que j'entendais, tout comme je m'amuserais de la rumeur qui voulait que ce fût une princesse Galitsine qui eût inspiré à Pouchkine le personnage de la Dame de pique. J'acceptai donc imprudemment d'accompagner Emma à Glyndebourne, ce printemps-là. Dans mon empressement à ériger un mur entre la vie d'espion que j'enterrais, et la nouvelle vie que je me construisais, j'en oubliai cependant que Hibou était un mélomane. Hibou était apparemment à Glyndebourne, ce soir-là, et il m'y avait vu. En compagnie d'Emma.

Ce fut dans l'après-midi du mercredi qui suivit ce week-end fatidique que j'aperçus la tête de Hibou s'encadrant dans la vitrine de mon magasin de Walton Street. J'étais alors occupé avec une vieille connaissance, Bozo Fitzroy-Furnivall, à qui je tentais patiemment d'expliquer que la selle de son aïeule, qu'il cherchait à me fourguer, ne valait pas le prix exorbitant qu'il en demandait du simple fait qu'elle ait jadis accueilli une croupe qui avait eu l'honneur de réchauffer la verge royale et gonflée au sang bleu de l'un des premiers Georges. Mais Bozo avait apparemment du mal à me suivre dans mon raisonnement. Il faut dire que la contribution de Bozo à l'histoire intellectuelle du siècle se résumait à cette phrase mémorable par laquelle il avait un jour défendu la capitale britannique fortement embouteillée : « Mais qui voudrait habiter une ville où il serait facile de stationner ? »

Hibou ne demeura là qu'un court instant, le temps d'accrocher mon regard, puis il disparut honteusement, comme quelque impécunieux lécheur de vitrine qui sentirait les yeux du vendeur posés sur lui. Sur le moment, j'eus peine à en croire mes yeux. Hibou n'est pas Grue, me disais-je. Hibou est une source bien dressée et un amant bien en main. C'était pourtant lui, reconnaissable, malgré la banalité de ses traits, à ses cheveux clairsemés qui le désespéraient tant, et à sa barbe fournie qui, en dépit de tous ses efforts pour se raser de près, lui donnait en permanence un menton bleuté qui le désolait.

Une fois Bozo reparti, sa selle ancestrale sous le bras, je ne sus plus trop quoi faire. Devais-je attendre que Hibou revienne, ou quitter le magasin sur-le-champ ? J'étais partagé entre la curiosité et les règles de sécurité les plus élémentaires. La curiosité l'emporta. Je l'attendis donc jusqu'à l'heure de fermeture, passant de la peur de le voir rappliquer à l'espoir de lui parler. Mais il ne revint pas. Et quand je fermai finalement le magasin et, par acquit de conscience, fis un tour à pied dans Knightsbridge, je ne remarquai rien de suspect.

22

NOTRE rendez-vous téléphonique d'urgence, de cabine à cabine, était prévu pour le mercredi suivant. Une semaine d'attente. J'attendis. Mais le téléphone ne sonna pas. Pas plus qu'il ne sonna le mercredi d'après. J'étais donc plus qu'inquiet quand je fis le trajet jusqu'à Cardiff le dimanche pour notre rendez-vous mensuel.

Quel ne fut mon soulagement, en arrivant au loft, de voir le pot de géranium trônant sur le rebord de la fenêtre. Les règles du Centre, et la routine du Centre, reprenaient leurs droits. Tout allait bien. Hibou me le disait clairement : avec des fleurs. Tout allait bien, me dis-je en ouvrant la porte avec ma clé. Mais non, tout n'allait pas bien.

Hibou, extrêmement agité, courait dans tous les sens comme une blatte surprise par la lumière. Je finis par l'attraper par la main et lui fis mon petit numéro de l'amant affectueux. Il se calma alors et me suivit docilement jusqu'à la mezzanine où je le déshabillai doucement avant de lui faire l'amour tendrement et longuement.

Ce n'est qu'ensuite, tandis que nous étions allongés côte à côte, moi sur le dos et lui amoureusement lové contre moi – image d'Epinal –, qu'il s'épancha enfin. Il m'avait vu avec cette femme, au festival. Il avait vu la manière dont elle me regardait, et son air propriétaire quand elle m'avait saisi la main, comme si elle avait voulu crier à la face du monde : A moi ! A moi ! Cet homme est à moi ! Il avait vu mon sourire tendre quand j'avais passé mon pouce le long de son échine alors qu'elle s'asseyait, et mon regard rassurant quand, à l'entracte, je lui avais pris le coude dans le creux de la main pour la guider à travers le méandre des plaids en cachemire et des nappes en dentelle sur lesquels trônaient les magnums de champagne, les salades de homard, les pâtés en croûte et les mousses au chocolat des mondains pique-niquant gaiement sur l'herbe sans une pensée pour le drame humain qui se jouait sur la scène.

Il n'en finissait pas de décrire, dans le détail, le comportement que j'avais eu avec Emma, ce soir-là, me renvoyant l'image du couple hétérosexuel parfait que je m'efforçais alors de projeter vers des gens que je ne connaissais même pas, et qui n'en demandaient pas tant. Dans d'autres circonstances, je me serais senti rassuré. Mais Hibou était la dernière personne au monde que j'aurais voulu entendre parler ainsi de moi. Et encore, poursuivait-il, c'eût été un homme, il aurait pu passer outre. Mais une femme ! Une femme, avec son désir de foyer, de maternité !

Son monologue continua de la sorte un bon quart

d'heure, et quand il se tarit enfin, je voulus le réconforter de la manière qui me venait le plus naturellement, mais il n'était pas intéressé par le sexe. Je le serrai donc très fort contre moi en évitant soigneusement de déranger ses cheveux fins et épars de peur de l'effaroucher. Non, je ne l'aime pas, lui assurai-je. Non, je n'envisage pas du tout de l'épouser, lui jurai-je. Non, elle ne changera rien à ce qu'il y a entre nous, lui promis-je. Rasséréné, il reprit confiance, mais cette assurance lui donna du culot. Non, ce n'est pas une source, lui rétorquai-je en haussant le ton. Et non, je ne peux pas te dire son nom, lui hurlai-je presque, exaspéré. Je m'efforçais de trouver un juste milieu entre la tendresse et la fermeté, entre un comportement d'amant et un comportement de traitant. Je faisais de mon mieux, mais je n'y parvenais pas. Je n'y parvenais pas parce que les dés avaient été jetés trois années auparavant. Les jeux étaient déjà faits, et la donne était une donne d'amant, non de traitant. Trois ans plus tôt Hibou m'avait tiré du lot. Se défaussant de son hommasse il m'avait gardé précieusement, comme on garderait une carte maîtresse, parce qu'il pensait pouvoir se faire aimer de moi. Cependant il se rendait compte à présent que tout ce qu'il avait construit au fil des ans pouvait être défait d'un coup. Et ça, il ne le supportait pas.

23

APRÈS quoi, je me mis à regarder par-dessus mon épaule. Comme l'espion que j'étais encore, bien sûr, mais surtout comme un homme adultère. Trois semaines durant j'évitai de me rendre chez Emma. Puis un soir, considérant que j'en faisais peut-être un peu trop, je me faufilai littéralement chez elle tel un voleur.

Le lendemain matin, en sortant de chez Emma, j'aperçus Hibou cinquante mètres plus haut sur le trottoir d'en face. Il ne se cachait d'ailleurs pas. Il se prêtait au jeu que les tchékistes avaient aimé jouer avec les dissidents : il voulait que je sache qu'il était là. L'ignorant, je pressai le pas et finis par atteindre Kensington High Street avant qu'il n'ait eu le temps de me rattraper. Et là, je soufflai. Car la rue était noire de monde, et je savais à quel point Hibou avait la foule en horreur. Je me dis qu'il attendrait de m'avoir à lui tout seul avant d'établir le contact. Priant que ce provincial ne soit pas muni d'un titre de transport londonien, je m'engouffrai dans la bouche de métro la plus proche et me dirigeai rapidement vers les quais alors qu'il s'affairait encore nerveusement avec son petit porte-monnaie années trente, où il n'y avait pas de place pour plus de deux doigts à la fois. Il n'avait pas fini d'acheter son ticket que j'étais déjà dans la rame. Trois stations plus loin, je sortis du métro, pris un bus, un autre, et quand je me fus assuré que je n'avais pas été suivi, je hélai un taxi et me fis conduire à St. James's Park. Car je savais que ni Hibou l'espion soviétique ni Hibou l'Œdipe ne s'aventurerait dans ce lieu policé, tout proche de Whitehall, où son père avait jadis nourri les cygnes et les malards lors de sa pause déjeuner.

Comment, me demandai-je, avait-il pu remonter jusqu'à Emma ? Se pouvait-il qu'il m'ait suivi de Walton Street la veille ? Impossible, j'étais sur mes gardes, je l'aurais vu. Non, me disais-je, Hibou a dû fouiner. Emma n'est peut-être pas une célébrité, mais elle est tout de même connue dans les cercles musicaux. Hibou, me disais-je, nous aura vu parler avec des musiciens à Glyndebourne, et ces derniers lui auront dit tout à fait innocemment qui elle était. « Bien sûr, leur aura-t-il répondu, reconnaissant. Le soprano ! Je me disais bien que je la connaissais ! » Je l'imaginais ensuite, armé de ce seul nom, faisant jouer ses relations dans les milieux artistiques et réussissant à obtenir l'adresse d'Emma sous un prétexte ou un autre : « Nous souhaiterions l'interviewer pour *La Gazette musicale de Cheltenham* ! Le comité d'entreprise aimerait l'inviter à notre fête de fin d'année ! »

24

QUAND je poussai la porte du loft le dimanche d'après, la table était mise et les lieux embaumaient les fines herbes. Vêtu d'un tablier à carreaux qui accentuait le dessin de ses hanches, Hibou touillait quelque chose dans une marmite rustique et jouait à la parfaite femme d'intérieur comme si de rien n'était. Mais son front, quand je l'embrassai, était brûlant, et son corps, quand je l'étreignis, était traversé de frissons. Dans d'autres circonstances, le trouvant si perturbé, j'aurais sorti le grand jeu. Pas ce jour-là. Ce jour-là je mangeai en silence, et je ne contribuai que laconiquement à la conversation qu'il s'efforçait nerveusement d'alimenter.

Après le repas, alors qu'il débarrassait la table, je m'affalai sur le canapé et restai là, immobile, silencieux, regardant dans le vide et lui souriant tristement chaque fois que son regard anxieux accrochait le mien. Délaissant ses couverts, il vint se poser sur l'accoudoir du canapé et entreprit de me caresser les cheveux. Je n'en demeurai pas moins apathique. Voyant quoi il s'agenouilla devant moi et me demanda pardon. Il avait, dit-il, fait quelque chose d'horrible. De vraiment horrible, répéta-t-il d'une voix stridente. Il s'était renseigné sur cette femme avec qui j'étais. Ce soir-là, à Glyndebourne, Hibou nous avait suivis jusqu'au parking, il nous avait vus monter dans une voiture – la voiture d'Emma –, il avait vu Emma prendre le volant, et il avait noté le numéro. Cela avait pris trois bonnes semaines, mais un policier complaisant de Cheltenham, qu'il cajolait à coups de profiteroles et de vol-au-vent, lui avait procuré le nom et l'adresse du propriétaire du véhicule : le nom et l'adresse d'Emma.

J'étais abasourdi. Ainsi, Hibou ne nous avait pas vus en compagnie de quelconques musiciens à Glyndebourne, et personne, au festival, ne lui avait soufflé le nom d'Emma. Hibou n'avait pas plus, comme j'avais voulu m'en convaincre, usé de ses relations dans le monde des arts afin d'obtenir l'adresse d'Emma. Non, Hibou était allé directement chez ses copains flics. Il avait mêlé la police à nos affaires. C'était d'ailleurs ce qu'il était en train de m'avouer d'un ton faussement contrit dans lequel je ne pouvais m'empêcher de voir une menace voilée. C'était dire son désespoir. C'était dire jusqu'où il irait pour me garder. Je ne savais plus quoi penser. Mon passé – ce passé que j'avais cru, après Metz, pouvoir enterrer et oublier – me rattrapait à grandes enjambées. Je me rendais brutalement compte que je ne pourrais jamais me faire oublier. En tout cas, pas tant que Hibou rôderait autour de moi, avec ses amis de la police en embuscade. Pas tant qu'il jouerait à la femme jalouse. Pas tant qu'il se complairait dans le rôle de la *mater dolorosa.*

Devinant mon malaise, il se jeta sur moi, me couvrit de baisers, et me demanda encore pardon, mille fois pardon. Il savait, me dit-il, qu'il n'aurait jamais dû agir de cette façon, et il me jura, bien sûr, qu'il ne le referait jamais. L'espace d'un moment, je voulus le croire. L'espace d'un moment je le voulus très fort, et j'effaçai de mon esprit les sombres projets que j'échafaudais déjà. Mais l'instant d'après il me dit qu'il était parfaitement conscient qu'il avait enfreint toutes les règles et qu'il m'avait mis en danger, et je me rendis compte qu'il le ferait encore, et encore, et encore.

Il s'était levé, à présent, et, allant jusqu'à la table, il s'était mis à gribouiller, s'interrompant de temps en temps pour sucer son stylo et regarder le plafond, tel un écolier cherchant à se rappeler un nom ou une date lors d'une interrogation. Et quand il eut fini, il m'apporta sa copie, l'air d'un chat rapportant une souris à son maître. Les récentes nominations aux Grandes Oreilles, annonça-t-il fièrement. Après la confession, la pénitence. Tout comme moi avec le sexe, Hibou cherchait à se faire pardonner du mieux qu'il savait. Ayant parcouru distraitement la feuille qu'il venait de me tendre, je la laissai finalement choir et lui demandai s'il souhaitait changer de traitant. Changer de traitant ? s'inquiéta-t-il. Mon Dieu, non ! Pourquoi diable voudrait-il changer de traitant ? Parce que j'avais l'impression de l'avoir déçu, lui dis-je. Parce que je ne savais plus ni quoi faire ni comment. Parce que j'avais de plus en plus de mal à gérer ma vie, et que je ne voyais vraiment pas comment je pourrais encore l'aider à gérer la sienne. Voilà pourquoi.

Il n'attendit même pas que j'aie fini de parler. Il était sur moi, contre moi, il m'étreignait, il me palpait, il me couvrait de baisers. Changer de traitant ? Ne plus me revoir ? Jamais il ne le pourrait ! Il n'espionnerait, il ne mentirait, il ne trahirait et il ne tricherait que pour moi ! Pour moi seulement il accepterait de supporter au quotidien des petits-bourgeois qui lui commandaient des cocktails de crevettes et des salades de pâtes à la mayonnaise, des ploucs qui dressaient les serviettes en éventail sur les tables, « parce que ça fait joli », et une bande d'infirmes hideux qui n'avaient de cesse de casser sa belle porcelaine ! Il ne ferait cela pour personne d'autre que moi !

Inspirant profondément, je me levai alors, l'air de quelqu'un qui aurait enfin pris une décision. Partons en week-end, lui proposai-je. Pas un week-end tronqué, pas un dimanche, un vrai week-end. Et pourquoi pas le week-end suivant ? Je vis alors son visage s'illuminer. Car un vrai week-end, un week-end prolongé, un week-end coquin, c'était déjà ça de gagné sur la monogamie hétérosexuelle. Nous irons à Snowdonia, poursuivis-je. Hibou commencerait par louer une chambre dans un motel quelque part à l'ouest de Birmingham – pas un petit hôtel de charme, s'il te plaît, Hibou, et pas une auberge pittoresque non plus, juste un motel anonyme de bord de route, où l'on pourrait entrer et sortir discrètement –, il me téléphonerait le mercredi pour me donner l'adresse, et je l'y rejoindrais le vendredi soir. Nous y passerions la nuit, et, tôt le lendemain, nous partirions pour le nord du pays de Galles.

Plus tard, en sortant de la douche après lui avoir fait l'amour, je l'entendis se battre avec ses poêles et ses casseroles en cuivre. Me penchant par-dessus la balustrade, je le vis ranger le tout dans des cartons. Il s'était apparemment souvenu que notre bail de six mois touchait à sa fin. Parfait, me dis-je, car je n'aurais pas aimé avoir à le lui rappeler, de peur de lui donner un pressentiment de finitude.

Tout en continuant son rangement, il me dit avoir trouvé un petit studio à Solihull. Notre première planque, notre premier nid d'amour, notre premier vrai foyer avait été à Solihull. Hibou était alors plein d'espoir. Pas le même que la dernière fois, plaisantai-je en allant le rejoindre, et il rit de me voir me moquer ainsi de ses talents d'agent secret. Et moi aussi je ris. Je ris parce que j'étais soulagé. D'ici ce soir, la planque de Cardiff serait vide. Pas de traces, pas de pistes.

25

Le vendredi suivant, à la tombée de la nuit, j'enfourchai ma Honda CBR1000 et pris la direction du nord. Une fois que je fus sur la M5, je m'arrêtai sur une aire de repos déserte et entrepris d'enlever ma plaque minéralogique et ma vignette, les remplaçant par la fausse plaque et la fausse vignette que j'avais cachées sous la selle. Sans me départir de mon casque intégral, j'ôtai ensuite le Belstaff de couleur vive que je portais par-dessus mon blouson et mon pantalon de motard, et, ainsi bardé de cuir noir, je remontai sur ma machine.

Après Wolverhampton, je rejoignis la M54 et roulai vers l'ouest jusqu'à atteindre le motel où Hibou m'attendait. Aussitôt que j'aperçus sa petite Citroën blanche en stationnement devant la chambre six, j'éteignis mes feux, coupai mon moteur, et laissai la moto glisser en roue libre jusqu'au mur aveugle séparant les chambres, qui donnaient sur l'arrière, du bâtiment principal qui longeait la route. Mettant pied à terre, je me dirigeai ensuite vers la lumière jaunâtre qui filtrait au travers des rideaux que Hibou avait soigneusement tirés. Là, je tapotai le signe ridicule de reconnaissance que j'avais eu la faiblesse de le laisser choisir pour l'occasion (un *Tea for Two* censé représenter notre couple idyllique) et, dès qu'il eut entrouvert la porte, je m'y engouffrai en refermant prestement derrière moi.

Hibou était surpris. Il ne s'attendait pas à voir un homme casqué, mais quand il me reconnut sous la visière, il se détendit et se fendit d'un grand sourire. Sans mot dire, il s'agenouilla devant moi, fit glisser d'un geste taquin la fermeture Eclair de mon pantalon, et me prit dans sa bouche. Hibou était l'homme d'un seul homme. Les coups rapides avec des inconnus dans des toilettes publiques, ce n'était pas son genre. Mais l'idée d'un coup rapide avec un inconnu, tout de cuir vêtu, qui n'en était pas vraiment un, semblait lui plaire. Il avait ainsi le meilleur des deux mondes. Posant sur sa tête une main gantée, je le maintins ainsi quelques instants contre moi, puis je le repoussai tendrement. Se relevant, il se débarrassa alors de ses vêtements et s'adossa au mur. Otant finalement mon casque, je m'approchai de lui, et le contraste de mes cuirs noirs et rugueux sur sa peau lisse et laiteuse dut faire son effet car il se mit à se trémousser et à se frotter contre moi. Apercevant une canalisation qui descendait le long du mur du fond, je lui fis un signe de la tête dans cette direction, et lui, sans se faire prier, alla se coller au tuyau, le dos tourné, les fesses bombées, et les bras levés : les bras levés au ciel. Nous n'avions toujours pas échangé un mot. Allant jusqu'au lit, je sortis du sac de voyage qu'il y avait posé des sangles en cuir dont je me servis aussitôt pour lier ses poignets et ses chevilles au tuyau, et il se laissa faire en poussant de petits gémissements de plaisir. Tirant alors une écharpe de soie noire de la poche de mon blouson, je lui en caressai le dos, les fesses, les cuisses, et à nouveau le dos, et lui gémissait de plus belle. Je lui passai ensuite l'écharpe autour du cou, sur les yeux, sur le menton, et je finis par lui en faire un bâillon. Quand l'étoffe tira sur la commissure de ses lèvres, il se raidit. Il se raidit car nous n'avions jamais employé le bâillon auparavant. Il se raidit donc, mais il ne protesta pas. Et quand je l'embrassai dans la nuque, et lui soufflai mon haleine chaude dans le cou et dans les oreilles, il se détendit à nouveau. Je sortis alors de ma poche un sac transparent fermant à l'aide d'une cordelette. Hibou, qui me tournait le dos, ne pouvait pas me voir. Mais aussitôt qu'il perçut le crissement du plastique il se cabra en hennissant sous son bâillon, telle une jument à la saillie, et je recouvris du sac sa tête consentante tout en le caressant de ma main gantée. Il était effréné, maintenant, et son sexe était dur comme de la pierre. Un instant il se frottait contre le tuyau. L'instant d'après il se cambrait, me cherchant, cherchant la faille dans ma braguette. Plus les minutes passaient, plus le sac s'embuait, plus sa respiration se faisait frénétique et plus il se trémoussait. C'est le moment que je choisis pour tirer d'un coup sec, et des deux mains, sur la cordelette. Quand elle mordit brutalement dans sa pomme d'Adam, il poussa un cri étouffé de surprise. Mais tout de suite après, et craignant sans doute de me déplaire, il se mit à rire. Nerveusement. C'était sa façon de me dire que tout allait bien. Qu'il n'était pas inquiet. Ayant fini de lui nouer la corde autour du cou, je le repris dans ma main et le caressai à nouveau tout en pesant sur lui de tout mon poids. Il respirait *in vitro* à présent, et, de frénétique, sa respiration se fit d'abord saccadée, puis suffoquée. Petit à petit son corps se raidit contre le mien, et son sexe devint tout mou dans ma main. Abandonnant son membre flasque, je portai alors mon attention sur sa nuque raide, lui collant le visage au mur. Il voulut dire quelque chose. Il voulut crier sous son bâillon. Il tendait le cou, désespérément, cherchant une bouffée d'oxygène dans les recoins du sac. Il haletait. Il haletait de plus en plus vite et le sac en plastique se muait en pompe folle. Il tirait de toutes ses forces sur ses sangles. Il effectuait une danse spasmodique avec le tuyau, cherchant à l'arracher du mur, et moi je me disais que cette tuyauterie anglaise bricolée allait finir par céder. J'étais en eau dans mon cuir. J'étais en eau, et je maudissais le Centre. Je maudissais Koukouchka. Je maudissais la Russie. Je me maudissais. J'étais en eau, et je sanglotais. Hibou, qui m'entendait sans doute, ne devait plus savoir quoi penser. Il devait pourtant se raccrocher à mes sanglots comme à un dernier espoir. Et moi, je sanglotais. Je sanglotais, mais je ne relâchais pas pour autant mon étreinte. Je la maintins longtemps après qu'il eut commencé à faiblir, longtemps après qu'il eut cessé d'entendre mes sanglots, longtemps après que le sac en plastique eut arrêté sa sarabande folle, et longtemps après que son corps se fut relâché contre le mien. Et je le soutins ainsi, longtemps, très longtemps, comme j'avais jadis soutenu le corps de Corbeau avec ma lame. Et quand je le lâchai, il glissa sur ses sangles le long du tuyau et s'affaissa en tailleur sur la moquette bariolée, pâle imitation d'un Mésopotamien dans sa jarre funéraire. Et tout ce temps, je pleurais. Je pleurais Hibou. Je me pleurais. La mort de Corbeau m'avait été si facile, si exaltante. J'avais tué Corbeau pour le Centre, pour mes sources, pour mon réseau. J'avais tué Corbeau pour faire justice à Alouette et Martinet. L'assassinat de Corbeau avait été un acte pur, justifié, vengeur, libre de toute culpabilité. Une exécution. L'amputation d'un membre gangrené qui menaçait le corps tout entier. Mais Hibou ! Hibou ! Mon Dieu, Hibou ! Je venais de tuer Hibou pour assurer ma tranquillité ! Je venais de l'étouffer pour me donner un peu d'air !

26

UN mois après l'avoir tué, j'informai le Centre que Hibou n'était pas venu à notre rendez-vous mensuel (pas de fleurs à la fenêtre), pas plus qu'il n'était allé à notre rendez-vous téléphonique hebdomadaire. Je confiai mon message à la boîte aux lettres de Hampstead Heath, agrémenté du fameux rapport de Loriot sur les centrales nucléaires du Bloc soviétique pour faire mieux passer la pilule, et je croisai les doigts en priant que Koukouchka réussisse à les convaincre de ne rien décider d'irréfléchi. Je savais qu'en apprenant la mort de Hibou ils me soupçonneraient de l'avoir tué. Quatre agents morts, déjà, Galia, s'écrieraient les espiocrates du Centre. Il les tue tous ! Il les tue l'un après l'autre ! Nous devons protéger Héron ! Protéger Grue ! Protéger Loriot ! Protéger Tourterelle ! Nous devons le neutraliser, Galia ! Nous devons l'éliminer ! Ce serait pouce vers le bas – la mort – pour Mikhaïl Mikhaïlovitch Galitsine. Mais Koukouchka dirait non. Elle dirait non parce qu'elle voudrait être certaine. Elle dirait non parce qu'elle voudrait savoir pourquoi. Les espiocrates s'intéressaient peut-être aux faits et aux statistiques – quatre agents sur huit déjà morts, cinquante pour cent du réseau –, mais Koukouchka, elle, ne s'intéressait qu'à la nature humaine, seule source de vérité pour elle.

Sa réponse laconique, quand elle me parvint enfin, disait en substance : Hibou est mort, il faut qu'on parle. Lisant et relisant son message, j'imaginais les inquisiteurs du Centre lui disant : Ne fais pas ça, Galia ! Ne le préviens surtout pas ! Ne lui dis pas que nous savons que Hibou est mort ! Ne lui donne pas le temps de fignoler sa défense et d'affiner ses mensonges ! Jette-lui la nouvelle à la figure, avaient dû lui dire les petits malins du Centre. Jette-la-lui en face et regarde ses yeux fuyants ! Mais Koukouchka avait dû dire non. Trop primaire. Au contraire, avait-elle dû dire, mettons-le dans la confidence, et jaugeons un peu sa cohérence. La connaissant, je me disais qu'il n'y aurait ni gros bras à la russe ni détecteur de mensonge à l'américaine. La connaissant, je me disais qu'il y aurait l'éternel gentil et l'éternel méchant se relayant pour me cuisiner, et elle, à l'arrière-plan, observant notre ménage à trois.

Pour l'occasion, elle m'avait demandé de louer une maison isolée dans les environs de Paris, et j'en avais trouvé une qui convenait à Chaubuisson, près de Fontenay-Trésigny. Elle se cachait au milieu d'un parc muré qui se fondait lui-même dans une peupleraie, et on y accédait par une petite route qui longeait un Relais et Châteaux et un aéroclub abritant un antique Breguet deux-ponts.

Alors que je m'y rendais, d'un cœur moins léger que lorsque je m'envolais vers Metz, je me disais que plus le temps passait, plus Koukouchka s'enhardissait et s'avançait vers l'ouest. Du temps du Mur, cela avait été Vienne, Salzbourg, Zurich, et toute cette Mitteleuropa meuble où le Centre s'était toujours senti à son aise. Depuis, Koukouchka m'avait d'abord donné rendez-vous dans les environs de Metz, et maintenant à côté de Paris. Encore plus à l'ouest ! Et notre prochain rendez-vous ? me demandais-je. Pourquoi pas en Angleterre ? J'avais beau m'éloigner de Koukouchka, elle n'avait de cesse de se rapprocher de moi.

27

Le crissement des pneus de ma voiture sur le gravier attira Volodia sur le perron. Je le saluai chaleureusement, l'appelant Volia comme je l'avais toujours fait, mais je n'eus droit, en retour, qu'à un « Bienvenue Mikhaïl Mikhaïlovitch » des plus formels. De toute évidence, Volodia Svedolovitch n'entendait ni influencer les débats ni préjuger de leur issue.

Dans la grande pièce du rez-de-chaussée, qui servait à la fois de séjour et de salle à manger, deux autres membres de la vieille garde, affalés dans un canapé, devisaient et faisaient copain-copain devant moi pour la dernière fois. J'étais, à vrai dire, surpris de les voir là. Je m'attendais à de nouveaux visages : les représentants d'un Centre *new look*. Je m'étais préparé à croiser le fer avec une nouvelle génération d'officiers du renseignement, et j'étais franchement déçu de me retrouver face à Sergueï Anatolievitch et à Nikolaï Vassilievitch. Déçu, mais aussi soulagé. Si Koukouchka ne pouvait pas faire appel à du sang neuf pour l'occasion, me disais-je, c'est que le Centre russe était encore plus mal en point que je ne le croyais.

En me voyant arriver, Sergueï extirpa péniblement sa lourde carcasse du canapé et vint me serrer la main, tout en m'appelant Micha. J'en conclus qu'il jouerait aujourd'hui au gentil. Nikolaï, quant à lui, demeura assis – sa position préférée vu sa petite taille –, se contentant, en guise de salut, de faire un vague geste de la main. J'en conclus que le rôle du méchant lui avait été dévolu. Je fus tenté de papoter avec lui, histoire de l'embarrasser, mais je me ravisai. Inutile, me dis-je, de changer quoi que ce soit à un scénario écrit par quelqu'un d'autre. La scénariste, elle, n'était visible nulle part, mais l'odeur de son tabac oriental disait qu'elle ne pouvait être bien loin. Effectivement, à un raidissement presque imperceptible de Volodia, je sus qu'elle était là. Me retournant, je la vis qui descendait l'escalier menant à l'étage, son éternel fume-cigarette à la main. Elle vint directement vers moi et m'étreignit, comme elle l'avait fait à Metz, tout en m'appelant Micha. Et voilà que Volodia lui aussi m'appelait Micha. Et voilà qu'il me demandait si je souhaitais manger quelque chose. Mais j'avais eu le temps de voir que la grande table était déjà préparée pour l'interrogatoire. Je déclinai donc poliment l'offre. Inutile, me dis-je, de changer quoi que ce soit à un décor conçu par quelqu'un d'autre.

Qui ? Quand ? Où ? Comment ? Pourquoi ? Telles étaient les questions que, j'imaginais, un coupable poserait. Je n'en fis donc rien. Je me disais que ce que j'avais encore de mieux à faire, c'était de laisser venir le flot de leurs questions, d'en déduire ce qu'ils savaient, et d'ajuster mes réponses en conséquence. Ayant pris place face à Nikolaï et à Sergueï, j'attendis qu'ils veuillent bien ouvrir les hostilités. Koukouchka, elle, fumait assise dans un fauteuil, dos à la fenêtre. Après lui avoir jeté un regard en coin, ce fut Nikolaï Vassilievitch qui lâcha la première salve. Il lisait, gravement, un texte préparé à l'avance. Un procureur et son acte d'accusation.

« Le deuxième samedi du mois dernier, déclama-t-il, à l'heure du déjeuner, la police du comté du Staffordshire (Nikolaï prononçait Staffordshaïre) fut priée de se rendre à un motel situé à quelques kilomètres au nord-ouest de Wolverhampton. Quand les représentants de l'ordre arrivèrent sur les lieux, le gérant de l'établissement les conduisit sur-le-champ jusqu'à la chambre numéro six, l'une des vingt chambres du motel, toutes situées à l'arrière du bâtiment central, et toutes de plain-pied. Là, ils trouvèrent un corps affalé dans un coin. Le corps était celui d'un homme blanc âgé de vingt-cinq à trente ans, et cet homme-là n'avait absolument rien sur lui hormis des lanières de cuir, noires et cloutées, dont on s'était servi pour lui attacher les chevilles et les poignets à un tuyau courant le long d'un mur, sur la bouche un bâillon, et autour de la tête un sac en plastique transparent. Les lanières cloutées, d'un modèle très particulier qu'on ne trouve que dans des magasins aussi particuliers, suggéraient que l'homme s'était laissé attacher volontairement dans le cadre d'un jeu sexuel. Un examen superficiel du corps, effectué sur place, indiqua que la victime était très probablement morte suffoquée. Le médecin légiste confirma plus tard cette hypothèse et plaça l'heure du décès entre onze heures trente et minuit trente dans la nuit du vendredi au samedi. L'autopsie démontra qu'il n'y avait aucune trace de liquide séminal nulle part, comme elle montra l'absence de lésion récente au niveau de l'anus. Le médecin légiste en conclut qu'il n'y avait pas eu de rapport sexuel peu avant le décès. L'autopsie prouva néanmoins la présence, dans la bouche de la victime, d'un poil pubien noir lové entre la lèvre et la gencive supérieure. » Là, Nikolaï se départit momentanément de son ton monocorde et quitta son texte pour me lancer un regard froid. « Ce poil noir, reprit-il, n'appartenait pas à la victime. » Nouveau regard froid dans ma direction. « Le médecin légiste en conclut qu'avant sa mort, l'homme avait eu un rapport sexuel buccal. L'absence de toute trace de sécrétions vaginales lui fit conclure que son partenaire devait être un homme, et le rapport sexuel buccal une fellation. L'absence de sperme dans la bouche et dans l'estomac de la victime lui fit conclure qu'il n'y avait pas eu éjaculation, sauf externe. Les vêtements que la victime avait portés étaient empilés par terre à côté de la porte, et un sac de voyage vide se trouvait sur l'un des deux lits jumeaux. Dans le placard, la police trouva le contenu du sac, à savoir une paire de bottines noires identique à celle trouvée près de la porte, une veste noire à col Mao, une paire de jeans noirs délavés, deux chemises en soie blanc cassé, ainsi que des slips et des socquettes assortis. Le portrait encadré d'une femme d'une soixantaine d'années se trouvait sur la table de chevet. Une trousse se trouvait par ailleurs dans la salle de bain. Elle contenait un nécessaire de toilette, une crème hydratante, une autre nettoyante, ainsi qu'une lotion contre la chute des cheveux. Les policiers ne trouvèrent sur les lieux ni portefeuille, ni cartes de crédit, ni montre, ni bijoux, ni clés. Pas même les clés d'une petite voiture de fabrication française stationnée devant la chambre. Et quand les policiers forcèrent la serrure du véhicule, ils ne trouvèrent rien à l'intérieur qui eût pu les éclairer quant à l'identité de la victime. Le gérant du motel leur apprit qu'il avait découvert le corps peu après midi. Il aurait appelé la chambre pour savoir quand l'occupant entendait la libérer, et comme personne ne décrochait, il serait venu voir lui-même. Mais les policiers le soupçonnaient de leur avoir menti. Ils pensaient en réalité que le corps avait été découvert plus tôt, par quelqu'un que le gérant employait au noir. Ils supputaient aussi que le gérant avait retardé son appel au commissariat le temps de faire disparaître cet employé non déclaré. Un peu plus tard, ils réussirent d'ailleurs à mettre la main sur cette personne, qui se révéla être une jeune Asiatique en situation irrégulière, et elle confirma leur version des faits. Les policiers avaient déjà commencé à soupçonner le gérant d'évasion fiscale quand ils n'avaient trouvé aucune trace, dans le registre du motel, du passage de la victime et de son paiement. Le gérant leur avait alors expliqué que l'homme avait téléphoné le lundi d'avant et réservé, sous le nom de Medlicott, une chambre pour la nuit du vendredi au samedi, réglant en espèces dès son arrivée. Une recherche sur ordinateur effectuée l'après-midi même sur le numéro d'immatriculation de la voiture apprit à la police que le véhicule appartenait, non à un quelconque Medlicott, mais à une entreprise de restauration industrielle de Cheltenham. Les locaux de l'entreprise étaient, bien entendu, fermés pour le week-end. En effectuant des recherches complémentaires, les policiers purent néanmoins identifier le gérant de la société et obtenir son adresse. Mais quand ils s'y rendirent, ils n'y trouvèrent personne. Le lundi matin à la première heure, quand la police se présenta au siège de la société, le gérant ne s'y trouvait pas. Selon sa secrétaire, il aurait quitté son bureau dans l'après-midi du vendredi en disant qu'il serait de retour le lundi après l'heure du déjeuner. La même secrétaire accompagna ensuite les policiers à la morgue de Birmingham, où elle identifia le corps comme étant celui de son patron. La police apprit aussi de sa bouche que l'homme était célibataire, et qu'on ne lui connaissait aucun conjoint ou compagnon. Ce qui fut par la suite confirmé par la femme de ménage de la victime, ainsi que par son père, un haut fonctionnaire à la retraite résidant dans un village non loin de Cheltenham. L'enquête judiciaire qui se tint une semaine plus tard conclut au meurtre ou à l'homicide par imprudence par une ou plusieurs personnes inconnues. Eu égard aux détails recueillis sur la personnalité de la victime et aux indices trouvés sur place, et eu égard, aussi, à la disparition de tous les objets de valeur que la victime avait pu avoir sur elle, la police du comté recherchait le ou les responsables parmi les membres fichés de la communauté gay des West Midlands. »

Nikolaï avait terminé de lire son rapport étonnamment détaillé. Remettant le tout dans une chemise cartonnée, il la referma cérémonieusement et y posa ses petites mains blanches et soignées. Un long silence suivit. Une minute de silence à la mémoire de ce pauvre Hibou, me dis-je. Si Koukouchka cherchait à m'impressionner, elle y réussissait. L'exercice fastidieux auquel Nikolaï venait de se prêter avait certainement pour but de me démontrer que le Centre était aussi bien informé, dans sa version russe, qu'il l'avait jadis été dans sa version soviétique. J'appréciais tout particulièrement l'histoire de la femme de chambre asiatique employée au noir. C'était là une touche spéciale, destinée à me prouver que le savoir du Centre ne s'arrêtait à la lecture ni des journaux ni du rapport officiel du coroner.

J'en étais encore à ma réflexion sur le mode opératoire de Koukouchka quand je vis que Nikolaï me fixait non sans une certaine impatience, comme pour dire que la parole était à moi. Je m'en tins donc au rôle qu'on avait jugé bon me donner.

« Ainsi, ce pauvre Hibou aura été victime de ses pulsions sexuelles. »

Nikolaï n'espérait tout de même pas que je contredise les conclusions de la police britannique. Mais, de toute évidence, c'est ce qu'il aurait souhaité, car il se mit à gigoter sur sa chaise tout en tambourinant de ses doigts sur la table.

« C'est du moins ce que quelqu'un voudrait nous faire croire, me lança-t-il.

– Quelqu'un ? De qui veux-tu parler, Kolia ? »

L'usage que je fis avec lui de cette forme informelle d'adresse n'eut pas l'heur de lui plaire. Il ne dit rien, mais son tapotement se fit plus péremptoire. Un juge rappelant la salle à l'ordre.

« La police serait-elle venue te rendre visite, Micha ? »

C'était Sergueï qui venait de dévier le tir de Nikolaï.

« La police ? demandai-je innocemment. Pourquoi la police serait-elle venue me rendre visite, Serioja ? Personne ne m'a jamais vu en compagnie de Hibou.

– Tu en es bien sûr, Micha ? Nous savons l'affection que Hibou te portait, et un amoureux fait parfois des choses irréfléchies. Il peut lui arriver, par exemple, d'insister pour aller dans un restaurant avec l'être aimé.

– J'en suis tout à fait sûr, Serioja », répondis-je, en me disant que ce gentil commençait à me rendre nerveux. Vivement Nikolaï, me disais-je. Vivement le méchant.

« Je ne gobe pas un instant cette connerie d'orgie homosexuelle qui aurait mal tourné, dit le méchant que je venais d'appeler de mes vœux. Je pense, ajouta-t-il, que l'assassin de Hibou a voulu maquiller son acte en crime sexuel.

– Et qu'est-ce qui te fait dire ça, Kolia ? intervint Koukouchka, comme pour suggérer que ce n'était pas elle qui le lui avait soufflé.

– Nous traitions Hibou depuis bientôt sept ans, et nous ne l'avons jamais vu aller chercher le coup rapide avec un parfait inconnu. Hibou était un romantique. Un grand timide. Un introverti. Hibou n'était pas une tantouse exubérante. C'était une pédale monogame. Il voulait sa ration de sexe, certes, mais il n'en voulait qu'à condition qu'on y mette les formes, et qu'on agrémente le tout d'un zeste de tendresse et d'une pincée d'affection. Vrai ou pas, Mikhaïl Mikhaïlovitch ? Hibou était trop imbu de lui-même. Il voulait qu'on l'aime pour sa personne, pas pour son cul. Il refusait de n'être qu'un bon coup. Je ne crois pas un instant à cette histoire de crime sexuel crapuleux. Je ne vois pas du tout Hibou levant un inconnu dans une gare ou dans des toilettes publiques, et réservant, quatre jours à l'avance – je dis bien quatre jours ! –, une chambre sordide pour y passer un moment avec lui !

– Kolia n'a pas tout à fait tort, là, dit alors Koukouchka.

– Je ne pense pas que ce soit un mystérieux amant de passage qui ait tué Hibou, reprit Nikolaï, encouragé par cet aval. Je pense, ajouta-t-il en se raclant la gorge, que c'est Mikhaïl Mikhaïlovitch qui l'a tué.

– Ne sois pas ridicule, Kolia ! Pourquoi aurais-je souhaité la mort de ce pauvre Hibou ?

– Avoue tout de même que c'est bien étrange que quatre des huit agents que tu traitais soient morts de mort violente.

– Ce n'est pas moi qui ai tué Alouette et Martinet !

– Mais tu as tué Corbeau !

– Corbeau devenait menaçant ! Vous étiez tous aux abonnés absents ! Je n'avais pas le choix ! Je devais protéger mes agents !

– Belle façon de les protéger !

– Et quelle raison aurais-je eue de vouloir me débarrasser de Hibou ?

– Quelle raison ? Je vais te dire quelle raison : tu élimines tes agents l'un après l'autre. Tu crois peut-être qu'en les tuant tous tu n'auras plus aucune utilité pour nous, et qu'alors nous te laisserons partir !

– Ce que Nikolaï Vassilievitch prétend là est absurde, dis-je en bousculant bruyamment ma chaise pour me lever. Et Loriot, alors ? poursuivis-je, en m'adressant à Koukouchka. Ne l'ai-je pas encouragé à rejoindre ce comité scientifique européen chargé d'évaluer les risques dans nos centrales nucléaires ? Et Héron ? Et Grue ? Est-ce que je serais allé leur chanter les louanges de la Russie post-soviétique si j'envisageais de déserter ? Est-ce que je serais allé clamer "L'Union est morte vive la Fédération" entre les cuisses de Grue si je n'espérais pas la motiver ? C'est pourtant ce que j'ai fait. Et les résultats sont là ! Des dizaines et des dizaines de documents, sur l'élargissement de l'OTAN, sur les aides envisagées par le FMI à la Russie, sur les subventions que Bruxelles entend donner aux pays de l'Est, sur les plans anglo-américains pour une force d'intervention rapide... Et j'en passe ! Est-ce que je me mouillerais à ce point si j'entendais par ailleurs, comme Nikolaï Vassilievitch le prétend, éliminer tous mes agents ? »

Et quand, après un long silence, Sergueï concéda que je n'avais pas tout à fait tort, je me dis que je venais de remporter la première manche. Mais quand, juste après, Koukouchka s'étonna que tous ces beaux documents n'aient commencé à lui parvenir que depuis quelques semaines – à peu près au moment où Hibou se faisait trucider –, je me dis que peut-être je ne l'avais pas encore gagnée, cette manche-là, et je me rassis.

28

LES séances formelles d'interrogatoire continuèrent les jours suivants, mais l'essentiel se passait désormais ailleurs, lors de longues promenades dans les bois alentour, quand je me retrouvais seul avec Koukouchka.

Plus les heures passaient, plus j'étais confiant de pouvoir échapper aux griffes de Nikolaï et de Sergueï. Mais j'étais encore pris dans la nasse de Koukouchka. Le feu nourri des deux sbires, je le savais, devait permettre à Koukouchka de tester mes défenses de près. Mais Koukouchka ne s'en remettait pas à Nikolaï et à Sergueï pour faire le boulot. Elle entendait le faire elle-même. Elle s'efforça donc de découvrir si l'homme qu'elle avait sous les yeux était le même que celui qu'elle avait retrouvé à Metz.

Trois jours durant elle s'évertua à détecter un hiatus qui serait trop grand entre les sentiments que j'avais alors spontanément exprimés, et ceux, plus retenus, que j'affichais à présent. A Metz, elle avait eu affaire à un idéaliste. Un idéaliste qui lui avait longtemps résisté avant d'accepter – et seulement du bout des lèvres – de la suivre sur la nouvelle voie qu'elle venait de lui tracer. Elle entendait maintenant découvrir si ce Micha nostalgique s'était finalement débarrassé de ses convictions fossilisées pour se réconcilier avec le monde moderne, ou s'il s'était contenté de broyer du noir tout ce temps-là, et de ressasser ses idées dépassées en tournant le dos à la vie. Un écart trop grand, d'une part comme de l'autre, l'alerterait. Si elle voyait en moi un bolchevique entêté qui, après son moment de faiblesse à Metz, s'était à nouveau retranché derrière ses dogmes et ses préjugés, elle en conclurait que j'étais devenu incontrôlable et que j'avais bel et bien tué Hibou après avoir tué Corbeau. D'un autre côté, si elle voyait en moi un cynique qui aurait un peu trop vite jeté par-dessus bord ses idéaux et ses convictions, elle n'en saurait pas moins que je lui mentais, et elle en conclurait tout autant que j'avais tué Hibou, quoique pour d'autres raisons.

J'évoluais sur le fil du rasoir. Je ne pouvais me permettre aucun écart. Je devais la convaincre qu'elle avait en face d'elle un espion meurtri qui se rendait cependant compte qu'il n'y avait pas de retour en arrière possible. Je devais la persuader qu'elle avait affaire à un espion désemparé qui acceptait néanmoins de se laisser guider par elle le long du chemin non balisé qu'elle se frayait. Je devais lui faire croire que je le ferais de manière certes hésitante, mais loyale. Et c'est ce que j'entrepris de faire. Je fis plus que cela, d'ailleurs. Bien plus que cela. Je me rajeunis de vingt-cinq ans, et je la rajeunis aussi. Et Dieu sait si les années que je lui ôtai alors ne comptaient pas double pour elle. Nous n'étions plus en France au mois de septembre. Nous étions bien en septembre, mais à Tselinograd, un quart de siècle plus tôt, et Koukouchka, vêtue ce jour-là de son bel uniforme de capitaine du Centre, me fixait en silence alors que deux officiers supérieurs, qui ne lui arrivaient même pas à la cheville, m'interrogeaient dans ce gymnase qui résonnait de leurs soupçons mal placés. Puis elle me questionnait toute seule. D'abord dans ce même gymnase où elle s'était contentée de me scruter sans mot dire, ensuite lors de nos entretiens prolongés dans les bois de Qaraotkel et le long de l'Ishim. Elle me jaugeait. Elle me faisait sortir de moi-même. Elle me faisait rire. Elle me faisait miroiter mille et une choses. Elle louait mes qualités. Elle vantait mes talents. Elle me parlait cliniquement de mes atouts physiques. Elle me séduisait. Elle me faisait l'amour. Elle jouissait de moi. Elle jouissait de moi et elle en faisait un cours magistral, un exercice didactique, un acte politique.

A l'aube de notre nuit d'amoureux réchauffés, je me dis que j'avais joué mon rôle à la perfection et qu'elle devait être convaincue que j'étais aussi docile et fidèle aujourd'hui que je l'avais été vingt-cinq ans auparavant, quand elle avait pris ma destinée entre ses mains. Pourtant, alors même que je croyais m'être extirpé de sa toile, elle me prit à contre-pied.

« Et comment va notre ami Huppe ? me demanda-t-elle d'un ton badin, tout en s'étirant entre les draps.

– Huppe ? »

Je faisais celui qui ne comprenait pas.

« Comment va *Tony* ? précisa-t-elle en allumant sa première cigarette de la journée.

– Bien, je crois, répondis-je en enfonçant ma tête sous l'oreiller. Ça fait un bon bout de temps que je ne l'ai plus revu.

– Huppe me plaît, dit-elle en insistant lourdement sur ce nom de code déplacé, comme pour suggérer qu'elle avait déjà accroché Tony à son tableau de chasse. Il me plaît énormément, renchérit-elle. Il fraie avec les décideurs et les faiseurs de mode et d'opinion, il scrute leurs scalps squameux, il examine leurs calvities disgracieuses, et il leur tire les vers du nez. Ils sont vulnérables, ils sont vaniteux, ils sont comme de l'argile entre ses mains expertes, poursuivit-elle avec tout le mépris qu'une femme comme elle peut avoir pour l'attachement irrationnel des mâles à leur parure capillaire. Et il n'est même pas médecin, Micha. Ce n'est pas comme s'il les traitait pour une maladie grave. Rien, en fait, qui puisse déclencher chez eux un spleen du type *vanitas vanitatum et omnia vanitas*. C'est même le contraire qui serait vrai, n'est-ce pas ? Leur attachement puéril à leurs cheveux montre à quel point ils font partie du système. A quel point ils participent activement au jeu du pouvoir, du cul et de l'argent. A la foire d'empoigne. Des cibles idéales pour nous, Micha. »

Je continuai de me taire.

« Et en sus, c'est un visionnaire. Vois avec quel soin il a choisi les emplacements de ses "cliniques", Micha : Londres, Los Angeles, et Hong-Kong... Londres comme base de départ – et base de repli au cas où les choses tourneraient mal. Il faut toujours avoir une base de repli, Micha ! Mais là où d'autres auraient opté pour New York et la côte est "civilisée", Huppe, lui, a préféré traverser le continent américain dans toute sa largeur pour s'installer à LA. C'est-à-dire à Hollywood. Hollywood qui a déjà produit un président américain, et qui en façonnera désormais d'innombrables autres... Et de LA à HK. De Los Angeles à Hong-Kong. Aujourd'hui, Hong-Kong c'est encore la Grande-Bretagne, bien sûr. Mais demain, Hong-Kong ce sera la Chine. Et la Chine, Micha, la Chine me tient beaucoup à cœur.

– Tony n'est pas pour toi, Galia », dis-je d'un ton un peu trop brusque en sortant ma tête de l'oreiller. Et je me mordis la langue juste après. Car je m'étais bêtement laissé emporter. Je m'étais laissé emporter parce que je n'aurais pas voulu voir Tony tomber dans son escarcelle. Je ne l'aurais pas voulu parce que j'avais beaucoup d'affection pour lui. Je l'aimais parce qu'il gérait des gens vulnérables sans chercher à prendre l'avantage sur eux. Parce qu'il traitait des gens vaniteux sans les mépriser. Parce qu'il écoutait à longueur de journée des gens futiles tout en s'empêchant de les juger. Je l'aimais aussi parce qu'il n'était ni particulièrement fier de la fortune qu'il avait amassée ni vraiment embarrassé par elle. Parce qu'il la prenait dans sa foulée. Je l'aimais pour l'accent populaire qu'il avait su garder, et pour son choix d'une propriété dans un Northumberland excentré. Plus encore, je crois que je l'aimais – et je l'enviais aussi – pour le naturel avec lequel il gérait l'hiatus entre ses origines modestes et son présent scintillant, entre sa virilité et son dandysme, entre son parler tout en voyelles et son maniérisme tout en consonnes. Je l'aimais et je l'enviais parce que, contrairement à moi, il n'avait aucun problème d'identité. Parce que c'était un homme complet – l'homme si parfaitement duel de Kipling :

Quelque chose que je dois à la vie qui jaillit ;
Plus encore à la terre qui nourrit ;
Mais surtout à Allah qui
M'a donné une tête en deux parties.

Je l'avais rencontré quelques années auparavant à une vente de yearlings de Tattersall, et il m'avait aussitôt plu. Il arborait ce jour-là un costume de velours bleu marine et un foulard de soie vert salade, qui surnageaient, défiants, dans un océan déchaîné de tweeds délavés et de pardessus cirés, et j'étais tombé sous le charme de la différence flagrante entre son accent populaire et son costume d'Incroyable des Temps modernes. Surtout, j'avais été séduit par le fait qu'il n'avait pas été programmé par Koukouchka. A l'époque, il était déjà au faîte de sa gloire, frayant avec les membres de l'establishment et recevant somptueusement parlementaires, hauts fonctionnaires et célébrités. Et pourtant, les choses n'avaient pas toujours été si faciles pour lui. Il avait grandi dans un milieu ouvrier, et il avait longtemps dû se contenter d'officier en qualité de barbier dans un club londonien pour gentlemen. Mais Tony, semble-t-il, avait une forte veine artistique couplée à un esprit évident d'entreprise, et le jour vint où il en eut assez de rafraîchir les mêmes barbes fatiguées, d'élaguer les mêmes fronts dégarnis, de déguiser les mêmes calvities, et de brosser les mêmes pellicules grasses des mêmes costumes gris. Le jour vint où il en eut assez de travailler pour des clous et d'attendre patiemment sa part annuelle, au prorata, des étrennes de Noël. Le jour vint donc où il rendit son tablier, ses brosses et ses ciseaux, et où il s'en fut exercer son talent ailleurs. Ce faisant, il s'octroya une promotion méritée, de barbier à médecin capillaire et de tondeur à trichologue. Sa décision d'abandonner son officine, au sous-sol d'un club poussiéreux de Pall Mall, pour une clinique de soins capillaires au premier étage d'un immeuble pimpant de Sloane Square, coïncida avec l'engouement du public américain pour les acteurs de théâtre anglais, et avec l'entrée fracassante du marketing dans la vie politique britannique. Cette configuration favorable, couplée aux dons incontestables de Tony, contribua à établir sa fortune. Après avoir tâtonné quelque temps sur les crânes de célébrités mineures et d'étoiles pâlissantes, il finit par prendre en charge un acteur anglais qui appréhendait que sa calvitie naissante ne finisse par lui interdire les rôles hollywoodiens qu'il convoitait, et peu après il fut sollicité par un homme politique dont le meilleur atout était d'être le ministre le plus jeune d'après-guerre, et qui angoissait à l'idée que la chute rapide de ses cheveux n'entraînât la chute tout aussi rapide de son image de jeune premier. Tony réussit des miracles sur eux deux, sa réputation grandit, ses affaires prospérèrent de bouche à oreille, il ouvrit une deuxième clinique à Los Angeles, une autre à Hong-Kong, il créa un véritable laboratoire sur son domaine du Northumberland, et très vite il devint le trichologue attitré d'une flopée de célébrités et d'un nombre croissant d'hommes politiques qui ne se voyaient plus qu'à travers l'œil de la caméra. Tony traitait tous ses clients comme s'ils avaient été des amis. Il examinait consciencieusement leurs scalps à la loupe, il leur posait des questions précises sur leur hérédité et leur régime alimentaire, puis il leur prescrivait le traitement (tonique, shampooing, conditionneur, crème, masque crânien, maximiseur, anti-androgène) le mieux approprié à leur état, à leur style de vie et à leur personnalité. Et tout ce temps il jouait à la nounou avec eux, attentif à leur moindre souci, peur et inhibition. Il était leur trichologue, et il était leur thérapeute. Il gérait leur maigre capital capillaire, et il les aidait à gérer leur relation avec leurs cheveux. Il n'était pas que leur médecin traitant. Il était, dans tous les sens du terme, leur traitant. Et c'est bien ce qui titillait Koukouchka. Mais j'étais, quant à moi, déterminé à ne pas lui céder sur ce point.

« A mon avis, Galia, repris-je finalement, il n'est pas recrutable. C'est un esprit libre. Nous n'avons rien à lui offrir, et nous n'avons aucune prise sur lui. » J'étais particulièrement fier de ce « nous », espérant qu'il ferait oublier à Koukouchka ma saute d'humeur de tout à l'heure.

« Tu vas néanmoins essayer, n'est-ce pas ? Huppe doit bien avoir une petite faiblesse que tu pourrais exploiter. Tu peux le faire pour ta Koukouchka, non ? Pour la consoler de la mort de Hibou. »

Je n'étais pas dupe. Les Illégaux du Centre n'étaient pas censés recruter des agents. Les Illégaux ne traitaient que des valeurs sûres et confirmées. Koukouchka voulait me piéger. Elle voulait m'empêcher de me désengager. M'empêcher, éventuellement, de conclure un marché avec les Anglais. Ces derniers passeraient peut-être l'éponge sur mes égarements anciens, mais leur système judiciaire ne me pardonnerait pas un recrutement post-Guerre froide. Non, je n'étais pas dupe. Mais je n'y pouvais rien. Koukouchka voulait un gage, et je voulais gagner un peu de temps.

« D'accord, Galia, dis-je, en la quittant pour aller cacher mon désarroi dans la salle de bain. Je le ferai. Je recruterai Tony pour toi.

– Voilà qui est bien. Je pense, d'ailleurs, que ce nom de code de Huppe lui va à merveille. As-tu déjà vu une huppe, Micha ? Un superbe volatile, avec une magnifique coiffe en éventail. »

Je l'imaginais consultant le plus sérieusement du monde le *Guide des oiseaux de Grande-Bretagne et d'Europe* (et pourquoi pas les six volumes du *Manuel des oiseaux de l'Union soviétique*), à la recherche de noms de code appropriés pour ses nouvelles recrues.

« A propos, me cria-t-elle à travers la porte que je venais de refermer, ne te fais plus de souci pour Alek Hassanovitch. Alek est rentré au bercail. Avec ses archives. Il a fait amende honorable, et tout est pardonné. »

Ouvrant le robinet de la douche à fond pour ne plus avoir à l'écouter ni même à l'entendre, je me dis que si Alek Hassanovitch était rentré à Moscou, c'est que les barons du pétrole et ceux de l'aluminium avaient dû se rabibocher. Ou alors étaient-ce les barons du nickel et ceux du manganèse qui avaient fait la paix ? A moins que ce ne soit les barons du Bolchoï et ceux du Kirov. Si tant est, bien sûr, qu'Alek Hassanovitch ait jamais quitté Moscou. Ce dont je doutais.

29

KOUKOUCHKA attendit que je tienne ma promesse. Elle attendit que je lui annonce que Tony avait été recruté. Qu'il méritait désormais ce nom de code de Huppe, qu'elle avait si judicieusement déniché. Que son nid de huppe était enfin un nid de coucou. Ne voyant rien venir, elle finit par me convoquer.

J'aurais parié qu'après Vienne, après Zurich, après Metz et après Paris, elle me retrouverait à Londres, à Lisbonne ou à Madrid. Toujours plus à l'ouest, pour bien me prouver que le Centre se sentait à présent partout chez lui en Occident. Mais non, elle me surprit à nouveau en me fixant rendez-vous à l'Est. Derrière l'ancien Rideau de fer. A Petropavlovsk. De toute évidence, elle avait surtout à cœur de me démontrer que le Centre était toujours chez lui au Kazakhstan. Que la Russie dans laquelle je refusais de me reconnaître se confondait bien avec l'Union soviétique que j'avais connue.

Elle avait certainement prévu qu'il ne me serait pas aisé d'avoir à me présenter à l'ambassade kazakhe pour y demander un visa d'entrée dans un pays qui avait été le mien. Elle l'avait prévu, mais elle escomptait que les exigences du métier d'espion, et la fiction de ma couverture anglaise, perpétueraient l'illusion que rien n'avait changé. Car ce ne serait pas Micha, l'Illégal du Centre, qui demanderait ce visa pour le Kazakhstan, mais Jonathan, l'antiquaire londonien. Ce ne serait pas Mikhaïl Mikhaïlovitch Galitsine qui tenterait péniblement de se faire comprendre en anglais par des agents consulaires russophones, mais Jonathan, le citoyen britannique.

Ayant donc obtenu mon visa et pris un vol sur les lignes aériennes turques reliant Londres à Alma-Ata – Almaty, comme on dit maintenant – via Istanbul, je finis par atterrir dans la capitale du Kazakhstan indépendant le cœur battant, un quart de siècle après avoir dit adieu au Kazakhstan soviétique.

D'emblée, tout me sembla familier. Koukouchka avait raison, me dis-je alors. L'Union avait été déclarée morte et enterrée, et pourtant elle était toujours là, à chaque coin de rue. Et quand un conservateur de musée après l'autre défilèrent dans ma chambre d'hôtel et déballèrent devant moi leurs costumes de cavaliers, leurs harnais ouvragés, et une foule d'autres trésors de la Petite Horde sortis tout droit des réserves, je sus que c'était Koukouchka qui me les avait envoyés, et je me dis que le Centre demeurait ce qu'il avait toujours été.

Le surlendemain matin, ayant passé assez de temps en ville pour confirmer aux yeux de tous que j'étais bien l'antiquaire anglais que je me prétendais, j'embarquai à bord d'un train soviétique qui aurait enchanté Alouette et Martinet, et je remontai vers le nord. A l'approche de Tselinograd – d'Aqmola, devrais-je dire –, sur une voie envahie par les hautes herbes, je crus reconnaître une vieille locomotive TU-2, semblable à celle qu'on peut voir dans *Ivan Brovkin dans les Terres vierges*, le film à la gloire des pionniers de l'Altaï et du nord du Kazakhstan. Je me dis alors que rien n'avait changé. Et lorsque le train s'immobilisa le long du quai, je me précipitai hors de la gare avec l'empressement d'un enfant.

La patrie que j'avais connue était partout, autour de moi : dans ses édifices monumentaux, dans ses véhicules datant des années cinquante, dans ses rues géométriquement tracées, dans son fleuve, dans sa flore, dans sa faune aviaire, dans ses hommes, dans sa langue. J'avais grandi dans cette ville. Ses hivers sans pitié et ses étés d'étuve m'avaient façonné. J'avais été taillé à la serpe par les vents de sa steppe. L'eau de l'Ishim qui la baignait m'avait poli. Je me sentais chez moi, ici. J'aurais voulu rester là. Ne plus jamais quitter cet endroit. J'aurais voulu revoir la rue où j'avais joué, l'école dans la cour de laquelle je m'étais battu. J'aurais voulu courir jusqu'à la maison où j'avais vécu, faire grincer la grille du jardin, et me précipiter jusqu'à la fenêtre pour épier qui y avait pris ma place. J'aurais voulu me rendre au cimetière où mon père aurait dû être enterré si le Parti n'avait attendu sa mort pour le récupérer, avant de laisser la Russie l'oublier.

Mais cette douce félicité ne dura pas. Une angoisse inexplicable me saisit à la gorge. Un doute affreux m'envahit. Tout me semblait comme avant, et pourtant, tout me semblait différent. Il me fallut du temps pour comprendre. Puis je compris. Je compris quand je vis un homme jeter un détritus devant le monument aux Terres vierges. Je compris alors que mes anciens compatriotes avaient perdu la mémoire. Je compris quand je vis les graffitis sur la statue de Lénine. Ce n'étaient pas des graffitis hostiles. Juste des graffitis, comme on trouve, en Occident, sur des monuments érigés à la gloire d'illustres inconnus dont le nom ne dit plus rien à personne. Ce n'était pas un acte politique : on avait tagué Lénine comme on aurait tagué des toilettes publiques. Je compris alors que mes anciens compatriotes souffraient d'autisme politique. Je compris quand je vis un automobiliste, pris en faute, parlementer avec un milicien, et des billets de banque changer trop ouvertement de main. Je compris alors qu'il n'y avait plus de honte dans la corruption, que les castes d'antan avaient cédé la place aux classes, que le billet vert s'était substitué aux privilèges, et que la carte de crédit était la nouvelle carte du Parti. Je compris que si les hommes et les choses étaient restés les mêmes, la relation qu'ils entretenaient avait irrémédiablement changé.

J'étais certes chez moi, mais comme ces Anglo-Indiens qui, en rejoignant l'Angleterre post-coloniale, croyaient naïvement retrouver la métropole impériale sur laquelle ils avaient toujours fantasmé : ils eurent beau chercher cette Angleterre onirique dans toutes les îles Britanniques, ils ne la trouvèrent nulle part. J'étais certes chez moi, mais comme ces pieds-noirs rapatriés qui, en débarquant en France, étaient fermement convaincus d'y retrouver la patrie dont leurs grands-parents n'avaient eu cesse de leur parler : ils eurent beau chercher cette France mythique par tout l'Hexagone, ils ne la trouvèrent nulle part. Rapatriés ! Déportés, plutôt ! Deux fois exilés ! Deux fois apatrides ! Je me sentais étrangement proche de ces gens-là : c'étaient des petits Blancs, j'étais désormais un petit Rouge ; nos idées nous séparaient, mais notre insignifiance nous rapprochait. Ma patrie était devenue une coquille vide. Son corps était habité par quelqu'un d'autre. Son ombre s'étendait encore sur moi, mais elle n'était déjà plus là. A croire qu'elle s'en était allée si précipitamment qu'elle en avait oublié son ombre derrière elle. Mon pays s'était évanoui sans laisser de trace. Il n'était plus d'aucune carte, ni d'aucun espace.

Je ne marchai pas longtemps dans l'ombre de ma patrie exilée. Je ne demeurai pas longtemps aveuglé par les trompe-l'œil que Koukouchka avait semés sur mon chemin. M'étant remis de mon choc post-soviétique comme d'autres de leur choc post-opératoire, je remontai vite dans le train qui devait m'emmener, à plusieurs centaines de kilomètres de là, jusqu'à Petropavlovsk où Koukouchka, la conceptrice de cette vaste mise en scène, m'attendait, confiante dans son stratagème.

Et le coucou, dans l'arbre, se rit de l'époux

Je n'en étais plus là. La gare années vingt de la ville, son réseau ferroviaire transsibérien, sa centrale thermique, ses silos de grains, son Ecole normale et même ce nom de Petropavlovsk, m'apparurent alors pour ce qu'ils étaient vraiment : un décor de théâtre. Un décor de théâtre qui venait s'ajouter à cet autre décor qu'était la couverture anglaise que Koukouchka m'avait jadis concoctée. J'avais l'impression d'être un acteur jouant, jour après jour, le rôle d'un acteur, tant et si bien qu'il en finirait par oublier qui il était réellement.

Et quand les hommes de main de Koukouchka, Volodia en tête, s'en vinrent à la gare pour m'emmener, dans une ZIL noire, jusqu'au 19e district de la ville, où Koukouchka avait établi ses quartiers, j'applaudis son choix judicieux de cette limousine soviétique, et de cette terminologie urbaine soviétique. J'applaudis donc, mais poliment. Car j'avais déjà fait le deuil de mon veuvage, et le mélodrame larmoyant que Koukouchka avait imaginé à mon intention avait cédé la place, dans mon cœur, au requiem cinglant de Tsvetaeva :

Avec une lanterne fouille
Le monde entier, sous la lune.
Ce pays n'est
D'aucune carte, ni d'aucun lieu.
Bu d'un trait :
Voilà que son fond brille !
Peut-on retrouver
Une maison qui a été rasée ?

30

Je m'attendais à ce qu'elle me parle de Tony, elle n'évoqua même pas son nom.

« J'ai un petit frère à te présenter, Micha, me dit-elle plutôt en guise de bienvenue.

– Un petit frère ? Quel petit frère, Galia ?

– Un autre petit frère anglais, dit-elle en allumant une cigarette. Un ponte de chez Marconi Space.

– Qui l'a recruté ? demandai-je pour me donner l'illusion d'une conversation entre égaux.

– Repéré, répondit-elle en soufflant sa fumée au plafond. Juste repéré. Ce sera à toi de le recruter.

– Voilà que je deviens un recruteur, Galia ! D'abord Tony, et maintenant ça ! Ce n'est pas l'affaire d'un Illégal de recruter de nouvelles sources !

– Les règles ont changé, Micha. Tu es le dernier des Illégaux, et le Centre n'a plus que faire d'agents de ta race. J'ai besoin de toi pour recruter cette source, et de ta trésorerie pour financer mes opérations dans l'Ile. »

Je ne dis rien. Il n'y avait rien à dire.

« Ce type-là, poursuivit-elle, a été repéré par un croupier de mes amis dans un casino de Malte. L'argent lui brûle les doigts. Il va de table de jeu en table de jeu, de nouba en nouba, et de saoulerie en saoulerie.

– Ça pue la provocation, Galia !

– Tu veux bien arrêter de réciter le manuel et m'écouter un peu ? Il vient d'être éjecté de la direction de Marconi Space par les nouveaux actionnaires majoritaires français. De directeur exécutif, il se retrouve vice-président – mais un vice-président purement consultatif. Avec une indemnité très généreuse pour l'aider à avaler la couleuvre, bien entendu.

– Il a toujours accès à l'information ?

– Plus que jamais, lança-t-elle, une lueur dans les yeux. Plus que jamais ! Ses patrons français lui ont peut-être coupé les couilles, mais ils ne lui ont ni arraché les yeux ni crevé les tympans. Il a accès à tout, et il a une revanche à prendre. C'est la cible idéale, Micha. Tu n'auras qu'à te baisser pour le ramasser. Tu le trouveras hantant les cercles de jeu de Mayfair. Tamponne-le vite, et prends-le aussi vite au Harry's Bar.

– Au Harry's Bar ?

– Un bar américain, Micha ! Recrutement faux-drapeau ! Mets un chewing-gum en bouche et joue sur le coup d'Etat français chez Marconi Space. Fais-lui le numéro de l'Anglo-Saxon inquiet de la dérive gauloise de l'industrie de défense britannique, et ajoutes-y un brin d'hypocrisie sur la relation spéciale transatlantique. Tu verras comme il sautera sur l'occasion. Pour se venger. Pour l'argent, aussi.

– Un recrutement sous faux-drapeau américain, Galia ? Ça risque de mettre Langley en rogne. En sus, il se pourrait que les Américains l'aient déjà recruté. On aurait tort de se frotter à eux.

– Ne t'en fais pas pour les Américains, Micha. Ils ne me font aucunement peur. Tiens, laisse-moi te raconter une histoire à propos des Américains... Ça se passait au plus fort de la Guerre froide, et Langley avait décidé d'envoyer l'un de ses agents chez nous dans l'espoir qu'il pourrait approcher d'assez près les industries électroniques de pointe établies du côté d'Odessa. Leur choix avait fini par tomber sur un jeune homme très bien, un bon Américain et un excellent officier de renseignement, qui offrait par ailleurs l'avantage de connaître parfaitement notre langue et notre culture. Disons qu'il s'appelait John Smith. Ils passent donc trois longues années à façonner le petit John Smith et à le modeler pour en faire un Russe parfait, ils lui créent une légende qui tient la route, ils lui inventent un vrai passé de Russe, ils lui donnent un bon nom russe – Boris Ivanovitch, disons –, ils lui procurent des papiers d'identité, des tickets de rationnement et des photos de famille, et ils lui mettent sur le dos des vêtements grossièrement coupés et aux pieds de grosses godasses bien de chez nous. Et quand ils estiment que John-Boris est enfin prêt, ils le mettent à bord d'un avion qui l'emmène jusqu'à une base américaine du côté turc de la mer Noire. Là, John-Boris reçoit ses dernières instructions, puis il embarque sur un petit bateau qui le dépose, à la faveur de l'obscurité, à proximité d'Odessa... Tout se déroule parfaitement bien, et notre Américain se retrouve bientôt seul en territoire ennemi. Seul, mais confiant en lui et en ses supérieurs, et croyant ferme en sa nouvelle identité et en sa légende... A peine est-il en ville qu'il est attiré par les bruits émanant d'un restaurant du bord de mer. Et comme c'est un bon agent, qu'il aime son prochain et qu'il se lie facilement, il se dirige vers la source du bruit et pousse la porte, décidé à se faire des amis et à asseoir sa crédibilité dès sa première nuit en Union soviétique. L'endroit est plein de noceurs qui rient, chantent, dansent et s'enivrent, et l'œil exercé de l'Américain a vite fait de repérer un homme se dandinant au bras de deux filles. Le point de mouillage parfait pour un homme seul, se dit-il. S'étant au préalable armé d'une bouteille de vodka, il s'en va rejoindre le trio, et, très vite, ils en sont à chanter ensemble. Cet exercice à l'unisson dut engendrer une certaine intimité, parce qu'à la première accalmie les présentations sont faites et John-Boris aussitôt adopté. Encouragé par cet accueil chaleureux, John-Boris s'égosille de plus belle, maintenant, et le Russe lui donne bien sûr la réplique. Une fois que la musique s'est tue et que les applaudissements ont cessé, le Russe va se coller à lui, et, d'un air entendu, il lui dit : "Ah, Boris ! Tu chantes comme un Russe, mais je vois bien que tu n'es pas russe !" L'Américain est inquiet, Micha. Il garde néanmoins son sang-froid et, versant au Russe une bonne rasade de vodka et se resservant lui-même, il avale le contenu de son verre d'un trait. Le Russe l'imite, bien entendu, puis il se colle à nouveau à lui, et, glissant un bras autour de l'épaule de l'Américain, il lui dit d'un air aussi complice que tout à l'heure : "Ah, Boris ! Tu bois comme un Russe, mais je vois bien que tu n'es pas russe !" Pris d'un doute, l'Américain se demande à présent si quelque chose n'est pas foireux dans le programme sophistiqué auquel ses supérieurs l'ont soumis. Il est au bord de la panique. Mais en bon professionnel, il n'en montre rien. L'orchestre ayant entamé un kasatchok endiablé, il en profite pour faire le petit numéro de danseur qu'ils lui ont appris à Langley. Et quand il revient finalement vers ses nouveaux amis, suant de tous ses pores et les cuisses douloureuses, il se dit qu'il en a certainement assez fait pour convaincre n'importe quel esprit soupçonneux. Effectivement, le Russe le félicite bruyamment pour ses talents de danseur, à grand renfort de claques dans le dos. Ça y est, se dit alors l'Américain, je l'ai convaincu. Mais voilà que le Russe lui chuchote maintenant à l'oreille : "Ah, Boris ! Tu danses comme un Russe, mais je vois bien que tu n'es pas russe !" Et soudain l'Américain n'en peut plus ! "Mais qu'est-ce que tu racontes là, vieux pochard, dit-il à l'autre. Je chante comme un Russe, je bois comme un Russe, et je danse comme un Russe ! Alors explique-moi un peu ! Pourquoi dis-tu que je ne suis pas russe ?" Et le Russe, s'affalant sur lui et lui soufflant son haleine d'alcoolique au visage, lui chuchote : “Parce que, vois-tu, Boris, ici il n'y a pas de Noirs !” »

Et elle rit de tout cœur de sa propre plaisanterie.

« Je me charge des Américains, Micha, reprit-elle finalement. Contente-toi de recruter ce type, et laisse-moi m'occuper des Américains, et du reste. »

Je pouvais difficilement refuser. Koukouchka voulait un gage. Tony ou un autre, peu lui importait. Elle voulait une preuve de loyauté, à défaut de quoi elle enverrait ses chiens après moi. Elle voulait un gage, et moi je voulais qu'elle retienne ses chiens un peu plus longtemps, le temps de brouiller ma piste. Car je savais, à présent, que Micha ne pourrait plus disparaître sans que Jonathan ne disparaisse avec lui. Tuer Micha ne suffirait pas. Il me fallait aussi tuer Jonathan. Et il me fallait du temps afin d'organiser à Jonathan un bel enterrement de première classe.

Jeff

31

GROS et gras, mou par bien des endroits, Pipit ne ressemblait aucunement à l'oiseau gracile qu'on avait affligé de ce nom phonétiquement infamant. Je l'affublai néanmoins de ce sobriquet-là parce qu'il représentait à mes yeux ce qu'il y avait de plus laid dans notre profession. Parce qu'il symbolisait tout ce qui, dans l'espionnage d'aujourd'hui, me donnait la nausée. Parce qu'il annonçait l'avènement d'un monde clandestin dans lequel je ne me reconnaissais plus. Un monde où des espiocrates avides concoctaient des plans mesquins où seul comptait le retour immédiat sur investissement. Un monde où les ploutocrates donnaient des ordres aux maîtres-espions, et où les services secrets étaient notés sur leur contribution à l'indice boursier. Un monde où les hommes ne faisaient plus ce qu'ils devaient faire, mais ce qu'ils pouvaient faire. Un monde où la fin ne justifiait plus les moyens. Un monde où les moyens justifiaient tout.

Je détestai Pipit avant même de l'avoir vu, et quand je le vis je ne fus pas déçu. C'était à l'occasion d'une rencontre que le croupier maltais de Koukouchka avait subtilement organisée dans un cercle de jeu tapageur du West End. Ledit croupier s'était d'ailleurs éclipsé après avoir fait les présentations d'usage, et il s'en était allé faire des salamalecs à un Arabe d'allure opulente et lui chanter les louanges des roulettes et des brunettes de Malte, me laissant à mes affaires avec Pipit. Non que j'aie eu l'intention de faire affaire avec lui dans l'immédiat. Je voulais simplement que le croupier aille dire à Koukouchka que j'avais bien acheté mes jetons, et que je jouais le jeu. Ce soir-là, je n'allai donc pas trop loin avec Pipit, me contentant d'un petit travail d'approche.

Dans quel secteur d'activité était-il ? lui demandai-je en forçant sur l'accent américain. Dans l'espace ? Dans les satellites ? Quelle coïncidence ! J'ai un ami qui travaille dans une grande société qui fabrique des satellites. Un ami très proche. Une société américaine. Ah ? Pipit connaît bien cette société ?

Il aurait volontiers continué la conversation, mais je ne lui en laissai pas l'occasion. Ayant pris soin de lui montrer avec quelle aisance je baratinais les hôtesses, je le quittai pour aller regarder de plus près une table de black-jack où une ravissante rousse officiait, face à un Hispanique qui perdait avec le sourire et en redemandait. Quelques minutes plus tard Pipit m'y rejoignait. Je sus alors que c'était un charognard du sexe, une cantinière de régiment, et qu'il serait toujours là à me tourner autour, partout où il y aurait des mignonnes, pour les restes.

Le traînant derrière moi, je laissai la rousse au black-jack et m'en allai faire un tour du côté du baccara, puis de la roulette. Là je me rendis compte que tous ces joueurs n'étaient pas de vrais joueurs. Ils se mentaient tous. Un joueur, dit-on, met en jeu quelque chose qu'il ne peut pas se permettre de perdre. Ceux qui s'affairaient autour de la roulette ce soir-là n'iraient jamais aussi loin. Pipit moins que tout autre. Il jouait chichement. L'observant, je me dis qu'il prenait son pied à la table de jeu aussi sournoisement qu'il devait le faire au lit. Il ne jouait ni pour gagner ni pour perdre. Il jouait pour rester dans la partie. Pour être de la fête. A moindres frais.

Je quittai finalement la salle de jeu pour le bar, et il m'emboîta le pas, plus riche de cinq cents livres et arborant un grand sourire béat. Il était tout ce que j'avais imaginé, et pire encore.

Mon ami me dit que des choses fascinantes se passent dans l'industrie, lui lançai-je une fois qu'il nous eut commandé à boire. Mon ami me dit qu'il y a des raids et des fusions partout, ajoutai-je. C'est la guerre des étoiles, selon mon ami. Il mordit à l'hameçon. A croire qu'il n'attendait que ça. Il n'arrêtait plus de parler. Il n'arrêtait pas de chanter les louanges des Américains, ni de les féliciter d'avoir pris les décisions qu'il fallait, quand il le fallait. Il n'arrêtait pas de maudire les Britanniques pour leurs erreurs stratégiques. Oui, stratégiques ! Les entreprises britanniques, ragea-t-il, commettaient une erreur monumentale en s'alliant aux Européens. Une erreur mo-nu-men-tale, scanda-t-il. Elles bradaient leurs secrets scientifiques, ajouta-t-il à voix plus basse. Il avait la preuve, chuchota-t-il, que des gens venus de France pillaient allégrement les bureaux d'études de sa société, et transféraient tout son savoir-faire technologique de l'autre côté de la Manche. L'Angleterre, se désola-t-il, coupait le cordon ombilical avec les Etats-Unis pour mieux s'ancrer en Europe. Mais quel ancrage ? ironisa-t-il. Londres veut s'ancrer en Europe, et l'Europe est à la dérive ! Je l'ai dit à untel et untel, s'indigna-t-il. Je leur ai dit que les satellites ne sont pas des frigos ! Je leur ai dit que le Marché commun c'est pour les biens de consommation, pas pour les équipements stratégiques ! Pas quand la défense et l'espace sont en jeu ! Je les ai prévenus, insista-t-il. Mais ils n'ont rien voulu entendre, bien sûr.

Koukouchka avait raison. Il était mûr. Il était si mûr que je me demandai si les Américains ne l'avaient pas déjà cueilli. Un court instant j'envisageai de tout laisser tomber, car pour rien au monde je n'aurais voulu attirer l'attention des Américains en braconnant chez eux. Même pas pour donner le change à Koukouchka. Mais l'instant d'après je me dis que Pipit n'était qu'un parmi des centaines de Britanniques de même facture que les Américains pouvaient tout aussi aisément recruter ; que les Américains avaient certainement beaucoup mieux que Pipit dans leur écurie ; que si les Américains n'avaient pas cueilli Pipit, c'était parce qu'il n'était pas tant mûr que pourri. Je me promis donc de lui soumettre ma proposition malhonnête dès notre prochaine rencontre. J'aurais pu la lui soumettre sur-le-champ, mais je me disais que j'en avais assez fait pour un soir. J'en avais assez fait pour satisfaire le croupier maltais qui n'avait pas cessé de m'épier de ses yeux faussement rieurs, et pour m'assurer que le rapport qu'il enverrait à Moscou convaincrait Koukouchka que tout allait pour le mieux, et qu'elle n'avait pas à s'inquiéter.

32

Le jeudi qui suivit ma rencontre avec Pipit, je sortis ma voiture et pris la route des Midlands. Une fois que je fus arrivé dans le Peak District, je louai une chambre dans une auberge désuète du village endormi de Youlgreave, puis, armé de mes boules de cire et d'une paire de ciseaux, d'une brosse à ongles et d'un bout de chiffon, et du papier à dessin numéro 78 de Harper & Tunstall, je partis en expédition.

Je passai deux jours à relever des cuivres et des gisants dans les églises et les chapelles du Derbyshire. A Youlgreave, je frottai une lady du début du XVIIe ; à Ashbourne et à Chesterfield, de beaux guerriers XVIe en habit héraldique et leurs dames ; à Crich, un enfant du XVIIe ; à Bakewell, une minuscule canopée de la même époque ; et à Morley, je saisis un superbe cuivre XVe de sir Thomas Stratham et de ses deux épouses, protégés par tous les saints de la chrétienté.

Le dimanche venu, jugeant que j'en avais assez fait pour convaincre les autochtones de ma bonne foi, j'osai finalement m'aventurer dans le petit cimetière, non loin de Youlgreave, qui était le véritable but de mon expédition. Youlgreave ! Youlgrave, comme ils disent ici. *Grave* ! Une tombe ! J'avais grandi à Aqmola, « la tombe blanche », et voilà que je renaissais à présent dans une autre tombe : une tombe grisâtre au cœur de l'Angleterre.

Toujours est-il que c'est dans ce petit cimetière situé en aval de Youlgreave que je trouvai Jeff, l'enfant migrant qu'Alouette et Martinet m'avaient confié avant de mourir, et dont ils m'avaient légué le certificat de naissance et le certificat de décès. Je l'y trouvai à l'ombre d'une vieille église normande retouchée par les victoriens, et je l'exhumai symboliquement. Je passai ensuite un peu de temps à baratiner l'antique curé de la paroisse et le non moins antique garde-chasse du coin, qui avaient tous deux connu Jeff, et à leur tirer les vers du nez, et quand je jugeai que j'en savais assez, je rangeai mes calques et mes frottis, et je m'en retournai à Londres avec Jeff et son histoire dans mes bagages.

33

DES années durant j'avais scrupuleusement évité de m'approcher d'Aldwych, un gros pâté monumental qu'on avait jadis érigé au centre de Londres pour servir de cœur architectural à l'Empire, mais qui, pris de court par la décolonisation, avait fini par échoir à la BBC : après l'empire territorial, celui, déterritorialisé, des ondes. Des années durant j'avais fui Aldwych comme la peste. Et pour cause. Car, outre la BBC, Aldwych accueillait aussi St. Catherine's House, et Alouette avait passé toute sa vie professionnelle ici, commandant discrètement des certificats de naissance pour le Centre, et ressuscitant miraculeusement des hommes et des femmes que l'Office général des registres avait pourtant certifiés morts et enterrés. Et les espions tels que moi rechignent naturellement à hanter le lieu de travail de leurs sources. Mais ma source était morte, à présent. Après avoir magiquement escamoté des centaines de noms des registres noirs de St. Catherine's House, Alouette avait fini par figurer elle-même sur ces listes morbides qu'elle n'avait eu de cesse de piller de son vivant.

Plus qu'une visite, c'était un pèlerinage que j'effectuais en me rendant à St. Catherine's House, ce matin-là. Voire deux. Un pèlerinage au bâtiment où Alouette avait travaillé – en lieu et place de la tombe sur laquelle je ne pouvais me recueillir –, et un pèlerinage à l'édifice qui abritait la relique officielle et estampillée de ma nouvelle anglicité.

Aussitôt que j'eus pénétré dans la salle des références, noire de monde comme tout lieu de pèlerinage se doit de l'être, je sus que mes prières seraient exaucées. Des dizaines de personnes consultaient les gros volumes *Hatch, Match & Snatch* des naissances, des mariages et des décès. D'autres remplissaient les bons de commande roses des extraits de naissance. Une file d'attente serpentait silencieusement devant les guichets tenus par les collègues d'Alouette, témoignant par sa sérénité du flegme atavique des gens qui la formaient. Il y avait assurément, me disais-je, quelques Britanniques parmi tous ces fidèles. Mais la plupart – leurs vêtements en attestaient – venaient d'outre-mer. Pourtant, métropolitains ou colons, tous n'en étaient pas moins des visiteurs de bon aloi à la recherche de leurs racines celtes, pictes, normandes ou saxonnes. Et moi – moi, Mikhaïl Mikhaïlovitch Galitsine –, j'étais des leurs.

La référence que je cherchais se trouvait dans l'un des registres rouges des naissances pour l'année 1945. Jeff, né cette année-là, l'avait été sous une mauvaise étoile. Le jour de sa naissance, le Premier ministre australien avait en effet solennellement demandé au gouvernement de Sa Majesté de bien vouloir remettre à niveau le cheptel humain de son grand pays, que le tout récent malentendu tragique entre nations industrialisées venait de décimer. Ne voulant pas être en reste, Londres avait alors répondu à la requête de ce serviteur dévoué de la Couronne en dépoussiérant l'antique Loi de peuplement de l'Empire, ouvrant ainsi la voie à une nouvelle vague de colonisation des antipodes.

C'est ainsi qu'à la veille de son cinquième anniversaire Jeff fut brutalement ôté à l'orphelinat catholique auquel sa mère l'avait confié, et tout aussi brutalement expédié en Australie avec son nom pour tout bagage. C'était là l'une des dernières tentatives faites par l'Angleterre impériale pour semer ses gènes sur la surface du globe. Après avoir jeté à la face du monde ses administrateurs et ses soldats, ses missionnaires et ses forçats, ses catins et ses gamins, voilà qu'essoufflée et faisant feu de tout bois elle lui balançait à présent ses marmots et ses bambins. Emily avait onze ans quand, au plus fort de la Grande Guerre, on avait jugé bon de l'exiler aux colonies. Une guerre plus tard, Jeff n'avait pas la moitié de son âge quand on l'emmaillota et le mit sur un navire en partance pour l'Australie.

Débarqué à Fremantle, l'ordre caritatif des Frères chrétiens l'adopta et l'expédia à Bindoon. Là, lui et d'autres enfants migrants furent systématiquement fouettés parce qu'ils pleuraient, et fouettés parce qu'ils mouillaient leur lit. Nuit après nuit on l'obligea à dormir sur son matelas imbibé d'urine. On le viola. On viola aussi sa confession. Cinq ans et plus, Jeff vécut une vie ponctuée par le ding de la prière et le dong du fouet. Cinq ans et plus, il s'usa pour donner naissance à la Cité des garçons de Bindoon. On le contraignit à élever les stations de la croix pour racheter les péchés de sa mère. On le força à bâtir une église pour oser prétendre au titre de simple créature de Dieu. Et on l'obligea, plus tard, à ériger une statue à la mémoire de frère Francis Keaney, en témoignage de gratitude envers cet homme hors pair.

Cinq ans et plus, Jeff trima afin que le regretté frère Francis mérite sa place à la droite du Père. Et tout au long de ces années, et bien après aussi, Jeff se languit pour le Vieux Pays. On avait beau lui dire et lui répéter qu'il devait ôter l'Angleterre de son esprit, on avait beau lui dire et lui répéter que l'Angleterre l'avait abandonné, Jeff n'en gardait pas moins foi en sa patrie. L'Angleterre avait passé Jeff à la trappe, mais Jeff avait toujours son désir d'Angleterre, et il se raccrochait de toutes ses forces à son identité insulaire. On avait beau le punir parce qu'il chantait « Que Dieu bénisse l'Angleterre » au lieu de chanter « Que Dieu bénisse l'Australie », Jeff n'en continuait pas moins de chanter. Jeff avait peut-être disparu de la mémoire de l'Angleterre, mais l'Angleterre hantait encore les rêves de Jeff. Jeff n'était pas Emily.

Ayant par miracle survécu à Bindoon, puis traîné son âme d'exilé d'une station de tonte à une autre jusqu'à ce qu'il eût atteint sa majorité, Jeff se précipita donc à Perth et y embarqua sur le premier cargo en partance pour les îles Britanniques. A peine le navire avait-il accosté sur les bords de la Mersey qu'il était déjà à terre. Laissant Liverpool derrière lui, il marcha, sans se retourner, jusqu'à ce qu'il ne pût plus ni voir, ni entendre, ni même sentir, la grande étendue aquatique qui le reliait organiquement à l'Australie, à Bindoon, et aux Frères chrétiens. Et même là, il ne s'arrêta pas. Il continua à marcher. Il marcha des jours entiers, s'enfonçant encore plus dans les terres, jusqu'à ce qu'il eût trouvé le village de Youlgreave, niché dans les collines du Derbyshire. Ce n'est qu'alors qu'il s'arrêta, et qu'il souffla. Il était dans les Midlands : les terres du milieu. Au cœur de l'Angleterre. Le plus loin qu'il pourrait jamais être de l'océan. Il était dans le Peak District : sur les hautes terres. Le plus haut qu'il pourrait jamais être au-dessus du niveau de la mer. Jeff venait de prendre le maquis. Comme les Saxons fuyant les Normands, et avant eux les Celtes fuyant les Romains, Jeff venait de fuir l'Empire. Il ne prenait aucun risque. Il s'était juré qu'on ne lui ferait jamais reprendre la mer. Qu'il ne quitterait plus jamais l'Angleterre qu'il venait de retrouver.

Il ne la quitta d'ailleurs plus jamais. Quelque temps après avoir trouvé du travail dans une ferme des environs, et alors que le souvenir douloureux de Bindoon commençait à s'estomper de son esprit, Jeff, enhardi par sa terre natale, qui l'entourait à présent de toutes parts, mit ses premiers vêtements de ville, et, s'armant de son courage, il descendit de sa montagne et se rendit à Nottingham à la recherche de son passé. Mais à peine y avait-il débarqué que ses larges pieds de garçon de ferme, peu habitués, semble-t-il, aux chaussures étriquées qu'il leur avait imposées pour l'occasion, le trahirent alors qu'il traversait la rue à la hâte : il trébucha, et il fut heurté sans ménagement, et blessé mortellement, par un bus – une impériale, sans doute –, au volant duquel se tenait un conducteur sûr de son droit et de l'appui de son syndicat.

Jeff n'aurait pas dû rentrer en Angleterre. Il n'aurait même pas dû se retourner. Il était revenu au pays à la recherche d'un certificat de naissance, mais il n'eut droit qu'à un certificat de décès. Mort sans jamais être né, il aura jusqu'au bout fait le jeu de l'Angleterre impériale, avant de faire finalement le mien.

Ayant consulté les registres *Snatch* des décès pour l'année 1965 – et, par précaution, tous les autres registres noirs de la décennie –, je n'y trouvai nulle trace de Jeff ou de sa mort. De toute évidence, Alouette était passée par là. Il ne me restait plus qu'à ramasser les lambeaux de cette vie que Jeff avait gaspillée en réminiscences futiles, à rejoindre cet immense continent que Jeff n'aurait jamais dû quitter, à m'y perdre, et à y vivre la vie de Jeff en même temps que j'y vivrais, enfin, la mienne.

34

VINGT ans durant j'avais construit mon identité britannique. D'abord précautionneusement, avec la méfiance d'un paysan à l'égard de la ville, ensuite de plus en plus frénétiquement et avec le zèle du néophyte. Jusqu'à ce que j'eusse acquis la patine requise et que je pusse me laisser aller et jouir de mon anglicité. Et voilà que je devais tout abandonner, pour tout recommencer. Encore une nouvelle identité ! Voilà que je devais quitter cette Angleterre où j'avais tant fait pour m'immerger, laissant derrière moi ce passé usurpé pour lequel je n'avais pas hésité à tuer. La coupure devait être nette.

Ce ne fut donc pas Jonathan, mais Jeff, qui prit un bus pour Clapham un dimanche matin. Ce fut encore Jeff qui, s'enfonçant dans ce faubourg de Londres, se rendit jusqu'à une adresse dans la partie sud de Grafton Square, se présenta à une Mlle Miller qui l'adopta aussitôt, et négocia avec elle, pour cent cinquante livres la semaine, la location d'un meublé situé au deuxième étage de sa maison blanche désertée. Et c'est à Jeff que

Mlle Miller confia que, tout comme elle et feu ses deux sœurs avaient jadis résisté aux premiers envahisseurs jamaïcains, elle était aujourd'hui bien décidée à s'opposer seule à la nouvelle vague d'invasion des Sonlies. L'écoutant, Jeff imaginait la vieille dame retranchée chez elle et déclinant les offres pressantes des promoteurs aux dents longues qui lui conseillaient suavement de se débarrasser sur eux de tous ses soucis de toiture et de plomberie, de prendre leur argent, de le mettre au chaud à la banque, et de déménager dans un petit appartement moderne et sans problèmes du quartier tout proche de Wandsworth – lequel, soit dit en passant, avait su garder ce cachet particulier propre à la rive sud de la Tamise. Mais Mlle Miller s'entêtait. Elle ne voulait pas céder. Et pour ce faire, elle avait besoin d'alliés. D'alliés payants. Comme Jeff. Surtout comme Jeff, qui lui rappelait tant l'homme qu'elle avait jadis aimé, et perdu à la guerre.

Et ce fut Jeff qui, peu après, alla ouvrir un compte bancaire à la succursale de la Lloyds à Clapham Common, en partie pour rassurer les commerçants du quartier, en partie aussi pour se donner plus de substance.

Et quelque temps plus tard, ce fut Jeff qui, donnant comme adresse Grafton Square, fit une demande de passeport aux autorités compétentes, l'accompagnant d'un certificat de naissance en bonne et due forme, et de deux photos que Mlle Miller et l'une de ses amies, en leur qualité d'institutrices à la retraite et donc de citoyennes respectables, acceptèrent très volontiers de contresigner et de certifier, attestant ce faisant, et sans ciller, qu'elles le connaissaient depuis des années. Ce qui n'était pas tout à fait faux. En tout cas pour la vieille Mlle Miller. Après tout, ne connaissait-elle pas Jeff – ou quelqu'un qui lui ressemblait étrangement – depuis les années trente ? Et en échange de cette correspondance, et d'un paiement de quelques malheureuses livres, le Home Office britannique finit par délivrer à Jeff un petit document de voyage de couleur rose-rouge certifiant qu'il était entraîneur professionnel de chevaux, et soulignant sa nouvelle identité européenne pour mieux cacher son identité britannique chapardée.

Encore un masque ! Encore un masque pour cacher mes précédents masques ! Un masque européen recouvrant le masque britannique, le masque britannique recouvrant le masque canadien, et le masque canadien recouvrant ce qui restait encore de mon visage soviétique ravagé. Et bientôt, très bientôt, me disais-je, un dernier masque australien pour sceller le tout. Illégal une fois, Illégal deux fois !

J'étais déjà Jeff. J'étais déjà Jeff, mais je ne pouvais encore me débarrasser de Jonathan. J'avais une ultime faveur à lui demander.

35

JONATHAN reprit donc du service dans ce casino de Mayfair dont Pipit avait fait son terrain de prédilection.

Quand je m'y rendis ce soir-là, il perdait quelques centaines de livres à la roulette et suait abondamment. Mais aussitôt que je l'eus rejoint sa chance tourna, il se refit, et il finit par quitter la table avec un millier de livres en poche. Il était aux anges, et fermement convaincu que je lui portais chance. Le Ciel était avec moi ce soir-là, et j'en profitai pour l'entraîner hors des lieux, dans un bar tout proche.

Oublié des faiseurs d'opinion avant même d'avoir été découvert par les moutons, l'endroit était presque désert. Au comptoir, deux clientes rongées par l'ennui rongeaient leur frein, inconfortablement perchées sur leurs tabourets, et se demandaient si cela valait la peine de traîner dans cet endroit lugubre. Notre arrivée inespérée les aida à se décider. Elles cessèrent de gigoter et commandèrent deux autres cocktails. Américains. Tout comme elles, apparemment. Un autre signe du Ciel, me dis-je. Pipit, lui, devait se dire qu'après lui avoir porté chance au jeu, voilà que je lui apportais à présent des gonzesses sur un plateau d'argent. Effectivement, quelques minutes plus tard, à mon invitation, les deux Américaines délaissaient leurs perchoirs pour se joindre à nous au fond de la salle.

Elles fonctionnaient aux statistiques et aux probabilités, car l'une d'entre elles avait teint ses cheveux en noir de jais, l'autre en blond des blés. Sans doute pour augmenter leurs chances d'une touche. Elles buvaient comme des trous et ne parlaient que d'une chose : la vie de nuit, et la faune de nuit, à New York. Encore un signe du Ciel, me dis-je. Et quand je leur proposai de continuer la soirée dans un endroit plus gai, et qu'elles s'excusèrent pour aller, en prévision, se poudrer le nez, je me retrouvai seul avec Pipit, et une occasion rêvée pour lui lancer mon hameçon.

Le moment était parfaitement choisi, car il se voyait déjà au lit avec les filles, et la gratitude qu'il éprouvait envers moi se trouvait renforcée par cette complicité nouvelle, née de l'éclipse momentanée des deux Américaines. Je me penchai vers lui comme si je m'apprêtais à lui faire part d'une remarque salace, et à voir l'air entendu qu'il prit en mettant la main à l'oreille pour mieux m'écouter, c'est bien à cela qu'il s'attendait.

Mon ami de Washington s'est montré très intéressé par ce que vous m'avez dit, lui lançai-je en guise de remarque salace, et lui me sourit bêtement en fixant des yeux les toilettes des dames. Mon ami veut que vous sachiez qu'il partage entièrement votre point de vue, poursuivis-je, et lui continuait de me sourire, mais ses yeux allaient à présent des toilettes des dames à moi, et de moi aux toilettes des dames. Mon ami, enchaînai-je, aimerait faire profiter son entreprise de votre expérience. Il ne regardait plus du côté des toilettes, maintenant. Il semblait totalement absorbé par ses mains. Cet antiquaire n'est pas qu'un simple antiquaire, devait-il se dire. Mon ami, lui disais-je, souhaiterait que vous l'aidiez à élaborer une politique plus réaliste à l'égard des sociétés britanniques, et lui, puisant dans son whisky le courage nécessaire pour oser lever les yeux vers moi, devait se dire que ce compagnon de beuverie fricotait dans des choses pas très catholiques. De vraies entourloupes. Je m'envole pour Washington après-demain, lui annonçai-je, et lui, dont les oreilles avaient tinté à ce mot magique de Washington, devait se dire que ce devaient être des entourloupes de haut niveau. De *très* haut niveau, même. Vous avez tout le temps, lui suggérai-je, pour rédiger un rapport exposant votre point de vue sur les alliances européennes malheureuses de votre société, avec, bien entendu, le support documentaire pour étayer vos arguments, et lui, cherchant un réconfort au fin fond de son verre, devait se dire que ce charmant camarade de débauche l'incitait à livrer des secrets aux Américains. Mon ami, repris-je, s'est montré particulièrement intéressé par les secrets que les Français piquent sous votre nez, et lui devait se dire qu'après tout quel mal y aurait-il à donner aux Amerloques des secrets que ces satanés mangeurs de grenouilles avaient déjà raflés. Mon ami, lui précisai-je, saura faire montre de gratitude, et lui, finissant de se convaincre, devait se dire que cet antiquaire porte-bonheur et pourvoyeur de nanas se montrait, en sus, une source potentielle de profit. Nous avons tout le temps d'ici-là, lui dis-je finalement. Même si, ajoutai-je en indiquant du menton les toilettes des dames, même si, après la nuit que nous allons passer, nous ne risquons pas d'émerger avant midi. Et il s'esclaffa.

C'était à présent mon tour d'épier les toilettes des dames, car j'avais besoin des deux Américaines pour le dernier acte. Dès que je les vis pousser la porte, je lui portai l'estocade. Mon vol part de Heathrow après-demain à dix-neuf heures trente, lui lançai-je. Retrouvez-moi à dix-sept heures au bar du Hilton de l'aéroport. Il eut à peine le temps de marmonner oui bien sûr, avant que les deux filles n'envahissent à nouveau l'espace sonore. Oui bien sûr, me dit-il donc. Après tout, il me disait oui bien sûr depuis notre première rencontre, et il n'avait eu, jusqu'ici, aucune raison de le regretter.

36

J'AVAIS craint qu'ayant dessaoulé il ne finisse par reculer.

Mais il se pointa au bar de l'hôtel pile à l'heure, le dos courbé et les yeux disjonctés. A Moscou, la milice l'aurait appréhendé rien que sur sa mine coupable. Je lui fis signe de la main et le vis froncer les sourcils et se mordre la lèvre, comme pour dire que, vu les circonstances, ces choses-là ne se faisaient pas. Je le regardai ensuite se presser et venir s'asseoir en face de moi, n'occupant ce faisant que quelques centimètres du fauteuil, l'air de quelqu'un qui ne ferait que se poser là, qui plus est par pur hasard. Il semblait prêt à bondir à la première interpellation avec, sur le bout de la langue, un « Je ne connais pas vraiment ce monsieur je l'ai confondu avec un autre » diligemment répété. Il tenait à la main (ou plutôt aux deux) une Samsonite (quoi d'autre) qui l'encombrait, et qu'il manipulait comme s'il ne savait pas trop s'il devait s'y agripper de peur que quelqu'un ne la lui arrachât, ou s'il devait la lâcher de peur qu'elle ne lui brûlât les doigts. Il semblait si épouvanté, si terrifié par le ballet incessant des serveurs et des chasseurs en uniforme, qu'on aurait légitimement pu s'étonner qu'il ait réussi à forcer l'entrée de l'hôtel, pourtant gardée par un portier imposant dans son accoutrement de maréchal d'opérette.

Je commandai à boire pour deux et mis fin à ses souffrances en lui demandant si son rapport était bien dans la mallette. Sautant sur l'occasion, il se délesta de la Samsonite, et aussitôt qu'il se fut débarrassé de cette preuve matérielle de sa traîtrise, il se détendit.

Ouvrant la mallette, j'en retirai une enveloppe scotchée enfouie dans une liasse de journaux, et la lui rendis ainsi blanchie. Il s'affala alors dans le fauteuil en poussant un soupir de soulagement qui alla se mêler aux protestations du coussin gonflé d'air. Il était plus à son aise, maintenant. Mais quand, quelques instants plus tard, il me vit ouvrir l'enveloppe qui l'incriminait et qu'il avait si laborieusement cachetée, et en parcourir le contenu comme si de rien n'était, sa mâchoire tomba, il rentra la tête dans les épaules, s'enfonça dans son siège jusqu'à y disparaître, et fit des yeux ronds qui s'en furent balayer la salle comme un périscope fou. Voyant que je ne prêtais aucune attention à son manège, il entreprit alors de toussoter, d'abord discrètement, puis de plus en plus fort, l'air de dire que si le signe de la main de tout à l'heure avait constitué une faute professionnelle grave, *ça*, c'était de la vraie démence ! Soudain, alors qu'on nous servait nos whiskys, son col de chemise dut se faire trop étroit, parce qu'il le déboutonna fébrilement tout en tirant sur sa cravate, dérangeant ainsi la symétrie de son gros nœud Windsor. Il sortit ensuite un mouchoir froissé et s'en épongea nerveusement le crâne dégarni et le double menton. Il n'y tenait plus. Il aurait voulu être ailleurs. N'importe où, mais pas avec le malade mental que je lui semblais être.

Ce n'est qu'une fois que j'eus empoché les documents qu'il se calma. Reboutonnant son col de chemise et remettant sa cravate en place, il reprit sa belle contenance de cadre supérieur et se lança dans un exposé préparé d'avance sur l'état calamiteux de l'industrie britannique de défense. Il venait, après tout, de livrer des documents classifiés à un homme qu'il connaissait à peine et qui était de toute évidence un agent américain. Et cet acte avait dû mettre à mal son ego et ébranler l'image qu'il souhaitait donner de lui. Le salmigondis qu'il me débitait à présent était sa manière de dire, et de se mentir, qu'il n'était pas qu'un informateur. Qu'il était un consultant de bon aloi.

Je le laissai s'escrimer pitoyablement en tentant de sauver la face. Je l'écoutai sans l'interrompre, opinant de la tête chaque fois qu'il s'y attendait, et lui promettant, chaque fois qu'il le sollicitait, de transmettre ses conseils et ses suggestions à mon ami de Washington et à qui d'autre de droit de l'autre côté de l'océan. Je ne cherchai pas à l'humilier. Je ne l'aimais guère, mais ce jour-là je lui étais reconnaissant. Car il venait de me donner de quoi endormir la méfiance de Koukouchka. De quoi gagner le temps nécessaire pour enterrer Micha et Jonathan dans le même trou, et m'envoler avec Jeff à l'autre bout du monde. Là où les oiseaux, je l'espérais, seraient plus avares de leurs nids et de leurs rejetons avec les coucous parasites. Je me contentai donc de le féliciter, et le quittai finalement, le laissant à son désir de vengeance contre les Français et à ses rêves de *green card*, et pourquoi pas d'un boulot peinard chez Ford Aerospace.

Les voilà bien, les transfuges de l'après-Guerre froide.

37

JE mis pleinement à profit l'avance que j'avais désormais sur Koukouchka. Je m'installai petit à petit à Grafton Square, y faisant des incursions impromptues, y passant parfois deux ou trois nuits d'affilée, et expliquant à Mlle Miller, qui répercutait ensuite mes explications sur ses voisins et ses commerçants préférés, que j'avais quelques petites affaires à régler dans les Midlands.

Je me familiarisais avec Clapham, tout en prenant soin d'éviter les pubs branchés et les restaurants huppés du quartier. Car je savais que les Sonlies du coin aimaient toujours hanter le Bourg royal de Kensington et Chelsea. Kensington et Chelsea, où je n'étais pas Jeff. Kensington et Chelsea, où j'étais encore Jonathan.

Je rentrais dans ma nouvelle peau de Jeff, cédant en douce des objets précieux et des livres rares que Jonathan avait jusqu'ici gardés pour lui, vidant discrètement le compte en banque de Jonathan, déposant de petites sommes sur le compte de Jeff, et cachant des sommes plus importantes en liquide dans l'appartement de Grafton

Square, où je gardais aussi le passeport de Jeff et le certificat de naissance de Jeff, bien calés sous mon pistolet.

Je m'imbibais de Jeff. Je visionnais sans relâche le documentaire de Granada Television sur les enfants perdus de l'Empire. Je lisais la presse australienne, et j'y découpais des articles relatant les efforts d'une assistante sociale de Nottingham en faveur des enfants britanniques abandonnés par leur mère patrie. Je tournais même autour de la Fondation des enfants migrants, sans pour autant oser m'en approcher.

Je construisais Jeff. En profondeur, et aussi en surface. Quoique non sans une certaine hésitation. Quel tour de taille ? me demandez-vous. Quel tour de poitrine ? Quelle encolure ? Quelle pointure ? Comment diable le saurais-je ? Des tailleurs, des chemisiers et des bottiers du West End m'avaient habillé jusqu'ici. Et avant cela, c'était Koukouchka qui m'avait habillé. Et avant elle, les Komsomols. Et avant eux, les Pionniers. Et avant eux, les Petits Octobristes. Mes mensurations n'ont jamais été miennes, à dire vrai. Elles ont toujours fait partie de mon personnage. Je n'ai jamais eu d'être, vous savez, rien qu'un paraître. Alors, dites-moi, s'il vous plaît, quelles sont mes mensurations ? Pointure neuf et demi E, dites-vous ? Encolure seize et demi ? Tour de taille long trente-six ? Tour de poitrine grand quarante-deux ? Merci bien. A présent, je sais que j'étais Monsieur neuf et demi pied fin pour mon bottier, Monsieur seize et demi pour mon chemisier, Monsieur trente-six grandes jambes pour le culottier de M. Brown, et Monsieur quarante-deux épaules larges pour son apiéceur. A présent, je connais mon coefficient *Cx* aussi bien que celui de ma voiture, et je sais les contours que je trace dans l'air que je fends et que je respire.

Ainsi fixé, je sortis du magasin avec une paire de mocassins, deux pantalons, quatre chemises, et un costume de ville. Puis, armé de ces précieux renseignements sur mes mensurations, je m'empressai de commander par téléphone, chez Airey & Wheeler, des vêtements tropicaux en batiste, que je fis livrer chez Jeff, à Grafton Square.

Je m'apprêtais à vivre ma nouvelle vie. Plutôt, je m'apprêtais à vivre ma vie. J'avais vécu tant de vies simultanées, j'avais été tant de choses différentes pour tant de gens différents que je n'avais pas encore eu de vie à moi. J'avais été la créature parasite de Koukouchka, le fils qu'Alouette et Martinet n'avaient jamais eu, le souffre-douleur de Corbeau, le mari de Hibou, le maquereau de Pipit, le Pygmalion de Loriot, la boule de cristal de Tourterelle, le phallus de lord Héron, et le gigolo de lady Grue. J'avais trop longtemps vécu dans la synchronie. J'avais passé ma vie à faire le va-et-vient le long d'une ligne parallèle à mon avenir, et qui ne s'en rapprochait jamais. Plus maintenant, me disais-je. Désormais, me promis-je, je vivrais ma vie dans la diachronie. Désormais, j'aurais un avenir.

Mon comportement changeait. En abandonnant Jonathan pour Jeff, j'étais en quelque sorte redevenu Micha. J'étais redevenu un guerrier de l'ombre. J'étais comme un animal sauvage qui aurait forcé sa cage. Tous mes sens étaient aiguisés. Mon regard changeait. Une lueur nouvelle l'habitait, mélange de peur et d'espoir. Espoir de liberté, et peur de perdre cette liberté. Le danger me faisait revivre. Il redonnait à ma vie le sens que la fin de la Guerre froide lui avait ôté. Les vitrines des magasins de Mayfair n'étaient plus celles que Jonathan l'Aristo avait nonchalamment regardées, mais des miroirs, des yeux derrière la tête. Les objets précieux ornant les devantures des galeries de Duke Street n'étaient plus ceux que Jonathan le marchand d'art avait jaugés et évalués, mais des prétextes pour traverser la rue subitement et repérer un fileur qui serait un peu trop lent à réagir. Je voyais les sbires de Koukouchka partout. Et quand je ne les voyais pas, c'étaient les Busards que je voyais. Je vivais avec l'idée qu'on me suivait, et je me préparais mentalement pour le jour où, faisant volte-face et croisant, l'espace d'un instant, le regard de mon suiveur, je mettrais résolument le doigt dans le nez, histoire de le rassurer. Non je ne t'ai pas vu, Piotr Pavlovitch, ou Peter Pan, ou quels que soient ton nom et ta nationalité. Ne t'en fais pas, je n'ai pas remarqué que tu me filais. Tu penses bien que si je me savais épié, coquet comme je suis, je ne me curerais pas ainsi le nez !

J'étais prêt. J'étais prêt à m'exfiltrer. Et je devais faire vite. Je devais faire vite car je gérais désormais trois vies à la fois : celle d'un Illégal du Centre, celle d'un antiquaire du West End, et celle du locataire de la vieille Mlle Miller. Micha, Jonathan et Jeff se chevauchaient. Mon passé, mon présent et mon avenir se télescopaient. Et ça ne pouvait plus durer. Bientôt, je le savais, la pression serait trop forte. Bientôt, Jeff devra abandonner son Angleterre onirique et s'en retourner aux antipodes qu'il n'aurait jamais dû quitter.

Quelle belle revanche, me disais-je. Ces enfants migrants, tous ces enfants morts dont Koukouchka s'était cyniquement servie pour placer ses œufs dans le nid des autres, allaient maintenant m'aider à lui échapper. Après s'être vengées de l'Angleterre, ces pauvres créatures retournaient à présent leur fureur contre Koukouchka. Et j'étais, moi, l'instrument de leur vengeance.

38

JE m'apprêtais à aller vivre ma vie à l'autre bout du monde. J'étais déjà Jeff. J'étais Jeff, et je passais au peigne fin la maison et le magasin de Jonathan, y cherchant des indices qui auraient pu permettre à Koukouchka, aux Busards, au monde entier, de remonter jusqu'à moi. J'étais Jeff, et je triais les vêtements, les documents et les photos de Jonathan, comme on trierait les objets personnels d'un mort. J'étais Jeff, et j'ouvrais le courrier de Jonathan d'une main lasse, comme on ouvrirait le courrier de quelqu'un qui ne serait plus là pour y répondre.

Je parcourais d'ailleurs distraitement un catalogue de vente d'objets orientaux de Sotheby's, quand mon regard tomba sur le kachan. C'était une coupe lustrée et polychrome du XIIIe siècle, représentant un cavalier turkmène, tête nimbée et coiffée de trois nattes, monté sur un akhaltéké à la crinière abondante et tenant sur son poing un faucon. La coupe ressemblait à s'y méprendre à celle du musée du Louvre. L'examinant de plus près, je remarquai cependant que l'artiste avait dédoublé les lignes parcourant la croupe de l'animal et exagéré le dessin de ses palerons afin de montrer qu'il s'agissait là d'un vrai coursier.

Mon cœur ne fit alors qu'un bond. Car ce n'était pas l'akhaltéké du Louvre, mais bien le mystérieux akhaltéké « aux quatre reins » dont il est question dans la vieille énigme apocryphe des *arba'atu kilâ*, que d'aucuns attribuent à Ibn Mounabbah. Le catalogue ne disait pas qui était le vendeur, et je doutais fort que l'un ou l'autre des deux heureux propriétaires dont j'avais connaissance – un marchand d'armes grec, et un magnat américain du pétrole – aient décidé de mettre le leur en vente. J'étais intrigué. Plus qu'intrigué. Emballé. Parce que j'étais encore Jonathan, bien sûr, et que l'antiquaire en moi était fasciné par la rareté du kachan, et parce que j'étais aussi Micha, et que mon premier cheval avait été un akhaltéké.

Plus j'admirais le kachan, plus Jonathan et Micha remontaient à la surface et plus ils reprenaient le dessus sur Jeff. Je croyais les avoir tués et enterrés, mais voilà qu'ils revenaient me hanter. Bientôt Jeff cessa de leur résister. Refermant le catalogue d'un geste décidé, je me dis que je ne quitterais pas l'Angleterre sans le kachan.

39

La veille des enchères, je me rendis chez Sotheby's afin d'admirer l'objet convoité et d'y jauger la concurrence. Ils étaient une dizaine à tourner religieusement autour de la coupe. Parmi eux, un marchand d'art zurichois qui était en affaires avec des princes arabes amateurs de pur-sang et d'autourserie, et qui, je le savais, ne lésinerait pas sur les moyens pour s'approprier le kachan à l'akhaltéké et le leur revendre par la suite à prix d'or. L'observant et lui retournant son sourire poli et son salut silencieux, je me préparai à une rude bataille, le lendemain. Je demeurais néanmoins confiant en l'issue de la partie, me disant que je finirais bien par posséder le kachan, même si je devais, pour cela, débourser une somme que je pouvais très bien me permettre de dépenser.

40

Le jour de la vente, après des éliminatoires qui présageaient d'un bon combat, une partie à trois s'engagea entre moi, le marchand d'art helvète, et une jeune inconnue qui paraissait tout à fait déplacée dans ce souk feutré. Une étudiante tentant sa chance, me dis-je négligemment, ou l'assistante du conservateur de quelque musée de province. Mais quand les enchères atteignirent le prix que je m'étais fixé, ce fut étonnamment le professionnel zurichois qui jeta l'éponge le premier. Curieux, je regardai l'inconnue avec des yeux neufs. Elle était assise trois rangées devant moi, à même l'allée centrale, et j'avais vue sur sa nuque et sur son profil gauche. Elle me semblait avoir à peine une vingtaine d'années, et être assez jolie fille. Je me demandais comment j'avais fait pour ne pas la remarquer le soir précédent, lors de la veillée d'armes autour du kachan.

Et tout ce temps où je l'observais, les enchères avaient continué à monter jusqu'à atteindre deux fois le seuil que je m'étais fixé. La salle était chauffée à blanc, à présent. Oublieux du décorum, les spectateurs – car c'est tout ce qu'ils étaient, désormais – gigotaient sur leurs sièges et suivaient la partie en cours en nous regardant tour à tour. Même le commissaire-priseur, pressentant qu'un record du genre était sur le point d'être battu, s'était départi de son rôle habituel de sphinx, contribuant ainsi à ajouter une touche dramatique supplémentaire à un duel qui n'en manquait déjà pas.

Ayant nourri l'espoir d'une acquisition discrète, je me retrouvais soudain mêlé à une joute publique, et je fus tenté de tout laisser tomber. Au diable le kachan, me dis-je. Mais j'étais piqué dans mon orgueil. Je voulais le kachan, bien sûr, mais je voulais aussi avoir prise sur elle. Elle, qui me résistait. Quelques instants à peine après avoir envisagé de me retirer, je me surpris donc à renchérir de cinquante pour cent, et quand le commissaire-priseur confirma mon enchère, un sourd murmure traversa la salle. L'inconnue hésita un moment, puis elle renchérit à son tour. Légèrement. Trop légèrement. La salle salua son courage d'un frétillement d'approbation, mais je sus, quant à moi, que j'avais gagné la partie. La faiblesse de son enchère en attestait : elle puisait dans ses dernières réserves. Ne souhaitant pas prolonger indûment la curée, et n'en déplaise aux spectateurs qui auraient sans doute espéré un sursis, je renchéris à nouveau de cinquante pour cent pour clore le débat une fois pour toutes, et l'inconnue se leva immédiatement pour partir.

Comme toutes les personnes présentes, j'ignorai le

commissaire-priseur et la regardai qui se dirigeait résolument vers la sortie. Vaincue, mais non domptée. Je notai, tour à tour, qu'elle était effectivement très jeune et très jolie, qu'elle avait les yeux gris bleuté, que son profil droit lui rendait encore plus justice que le gauche, et que son port de tête altier et son aisance féline démentaient son lourd tailleur aux couleurs d'automne.

Elle était déjà à la porte quand le marteau tomba sur ma dernière enchère. Sans hésiter, je fis signe à l'un de mes rabatteurs de s'occuper du kachan et me lançai à sa poursuite, tel un battant incapable de savourer sa victoire dans l'anonymat et bien décidé à montrer son visage à son adversaire défait.

Je la rattrapai dans la rue. D'emblée je lui dis que j'étais sincèrement désolé d'avoir renchéri sur elle, et sans s'arrêter de marcher elle me répondit qu'il n'y avait vraiment pas de quoi être désolé. Je lui dis que j'espérais que le kachan n'avait aucune valeur sentimentale à ses yeux, et toujours sans s'arrêter elle me répondit que pas du tout. Adaptant mon pas au sien, je lui dis que j'étais néanmoins confus, et que j'aimerais beaucoup me faire pardonner et signer la paix avec elle autour d'un verre dans ce pub providentiel devant lequel nous passions. Elle s'arrêta alors pour me dévisager, et je me dis que je l'avais perdue. Je l'entendais déjà me dire non merci je dois m'en aller, mais elle me prit à contre-pied en disant pourquoi pas, et j'en conclus que la curiosité avait été plus forte, et qu'elle voulait connaître son vainqueur de près.

41

J'AVAIS raison : elle était étudiante. Elle terminait un mémoire en histoire de l'art à Trinity, et elle était venue spécialement de Dublin, envoyée par un obscur antiquaire de Francis Street dont je n'avais jamais entendu parler, afin d'acquérir le kachan pour le compte d'un client qu'elle ne connaissait pas.

En vérité, lorsque je lui avais fait du plat sur le trottoir, j'étais préparé à ce qu'elle me rabrouât et je m'apprêtais à l'ajouter, dans mes statistiques, à la maigre colonne des non. En vérité, lorsque je l'avais abordée, elle n'était que la cerise sur le gâteau, et le gâteau c'était le kachan. Et pourtant, quand je m'installai à ses côtés – et Dieu seul sait pourquoi je m'assis à côté d'elle, quand les règles les plus élémentaires de la séduction me commandaient de prendre place face à elle, de la regarder droit dans les yeux, et de fondre sur elle au premier signe de faiblesse –, quand donc je m'installai à ses côtés, je me rendis compte que c'était moi qui faiblissais. Ce n'était pas tant sa beauté. J'avais connu des femmes plus belles. Ce n'était pas tant ses yeux en amande que la manière dont ils me regardaient, moi et tout le reste, d'ailleurs. Un regard neutre, qui n'accrochait rien, ne provoquait rien, ne poussait à rien. Un regard qui attendait que les choses viennent à lui. Ce n'était pas tant ses cheveux dorés que la manière dont ses boucles circulaient autour de son visage ovale. Ce n'était pas tant son teint nacré que l'aura qui l'enveloppait. Ce n'était pas tant le dessin de ses lèvres que la manière dont elle les entrouvrait. Ce n'était pas tant ses mains aux doigts effilés que la manière dont elle en jouait. Ce n'était pas tant ses jambes interminables que la manière dont elle les maintenait délicatement croisées aux chevilles. Ce n'était rien de précis, en réalité. Rien que j'aurais pu cerner, identifier, étiqueter. C'était une présence par-delà l'instant, un mouvement par-delà l'image, un son par-delà le sens, une force, une grâce, une incandescence.

Je me surpris à la renifler. Puis je me ressaisis. Je me surpris à glisser vers sa chaleur. Puis je m'éloignai de peur que mon geste ne soit mal interprété. J'étais intimidé. Je n'avais pas tant le sentiment d'avoir rencontré quelqu'un que celui d'avoir retrouvé quelqu'un. Quelqu'un dont je me serais langui sans le savoir. Quelqu'un qui aurait été caché à mes yeux, comme le dernier Imam aux yeux de l'artiste qui avait peint la coupe à l'akhaltéké. Et je me disais que c'était un jour béni que celui où j'avais trouvé et le kachan tant convoité et la femme que j'avais dû toujours chercher. Alors, quand elle me dit qu'elle s'appelait Catherine, je lui répondis sans hésiter que je m'appelais Jeff. Une fois ce nom prononcé, j'eus, il est vrai, l'arrière-pensée mesquine que je n'aurais pas dû faire cela ; que je n'aurais pas dû dire Jeff mais Jonathan ; que je venais de commettre une erreur grossière. Pourtant, au fond de moi, je devais savoir qu'il n'aurait pas pu en être autrement. Je portais certes les habits taillés sur mesure de Jonathan, et j'étais sur le terrain de chasse de Jonathan, mais je lui avais pourtant dit que je m'appelais Jeff. Et je l'avais fait instinctivement. Comme si je pressentais que cette femme-là n'appartenait pas à mon présent mais à mon avenir ; qu'elle ne pouvait être que la femme de Jeff, pas celle de Jonathan.

Et voilà que cette femme qui appartenait à mon avenir me disait à présent qu'elle reprendrait le lendemain le ferry pour Dublin. Qu'elle s'en retournerait en Irlande bredouille, sans son kachan, me laissant bredouille, amputé de mon avenir. Il me fallait la convaincre de rester. Mais comment faire ? J'étais pétrifié. J'avais les mains moites et l'estomac noué. Je n'avais ni le bagout de Jonathan ni l'entregent de Micha. J'étais Jeff, et Jeff avait perdu tous ses moyens. Alors, là où Jonathan aurait usé des mots qu'il fallait et du langage corporel qu'il fallait pour mieux l'envoûter, là où Micha aurait tissé autour d'elle la toile que Koukouchka lui avait si bien appris à tisser, Jeff se contenta de balbutier, de bégayer, de l'effleurer maladroitement, de la heurter. A croire que c'était lui qui avait vingt ans de moins qu'elle. A le voir, on aurait dit le jeune Jeff raclant maladroitement de ses semelles funestes le bitume infernal de Nottingham.

Et le coucou, dans l'arbre, se rit de l'époux

Pourtant, cette stratégie juvénile qui n'en était pas vraiment une eut l'heur de réussir là où les stratagèmes de Jonathan et de Micha auraient sans doute échoué, et je parvins, sans trop savoir comment, à la convaincre d'aller dîner avec moi chez Rule's, à Covent Garden. Et là, sous le regard des actrices d'antan dont les visages tapissaient les murs vieil or, je réussis, entre la soupe au Stilton et au céleri et la sole de Douvres, en me montrant vulnérable sans réellement en jouer, à la convaincre de prolonger son séjour dans ce pays. Ensuite, et avant que minuit n'ait sonné, je la raccompagnai chastement en taxi jusqu'à sa pension pour jeunes filles sages à St. John's Wood.

42

Je la revis le lendemain, et le surlendemain, et le jour d'après. Je la vis longuement. Je l'accaparai même. Mais toujours chastement. Puis, au cinquième jour, ayant pris mon courage à deux mains, je lui proposai d'aller avec moi dans une auberge de Lowestoft. Lowestoft, parce que c'est le point le plus à l'est de l'Ile, le point le plus éloigné de l'Irlande. Tout comme Jeff s'en était jadis allé se terrer dans les collines du Derbyshire, le plus loin de la mer, je souhaitais mettre la plus grande distance possible entre moi et la mer d'Irlande.

Ce n'est qu'après lui avoir fait l'amour que je sortis définitivement Grue de sous ma peau et me débarrassai enfin du remords qui me rongeait depuis la mort de Hibou. Faire l'amour avec elle était un mélange subtil de désir et de tendresse, que j'avais oublié ; que je ne savais plus exister. Jamais je n'avais été aussi spontané, aussi peu soucieux des techniques érotiques, aussi désintéressé par la mise en scène amoureuse et par ce contrôle savant de la montée du plaisir qui ressemblent tant à une manipulation d'agent. J'avais pris bien du plaisir dans des corps, j'avais aussi donné beaucoup de plaisir, mais je ne me souvenais pas d'avoir un jour autant oublié mon corps dans le plaisir. J'embrassais ses lèvres comme si je m'en nourrissais. J'aspirais son souffle comme si ma vie en dépendait. J'enfouissais mon visage dans son ventre comme si j'avais voulu y mourir. Je la humais. Non, je la reniflais. Non, je la sniffais. Je la sniffais comme on snifferait sa drogue. Je faisais usage de tous mes sens à la fois, et je les redécouvrais. J'en oubliais mes sens rationnels. Tous mes sens devenaient émotionnels. Une synesthésie enivrante s'emparait de moi. Je sentais l'odeur de sa voix. Je goûtais au vert de ses yeux. J'écoutais la musique de sa peau. Je caressais chaque lettre de son nom. Elle faisait enfler mon sexe, et elle faisait enfler mon âme et mon cœur. J'étais plein d'elle. J'étais en eau. J'étais en larmes. Mon corps n'était plus solide. Il n'avait plus de contours définis. Il était fluide. Je ne m'accouplais pas. Je fondais. J'étais à nouveau un enfant. Un enfant avec une érection d'adulte. Je n'étais plus un prostitué mâle. J'étais Micha avant que Koukouchka ne s'appropriât mon corps et ma vie. J'étais Jeff. J'étais le Jeff que je voulais être. J'étais Jeff et je n'étais plus veuf.

Je lui demandai de rester avec moi. Je la suppliai de devenir ma femme. Je l'implorai de partir avec moi au bout du monde. Et elle, elle l'adulte du couple, elle me dit oui mais. Oui mais pas maintenant. Oui mais pas tout de suite. Oui mais plus tard. Elle me dit qu'elle avait un mémoire à terminer, un diplôme à décrocher, des bonnes sœurs à remercier, des amis à embrasser. Elle me dit bientôt. Très bientôt. Et l'enfant que j'étais redevenu finit, de mauvaise grâce, par se plier à sa raison. Je lui donnai mon adresse et mon téléphone de Grafton Square, je mémorisai par cœur son adresse et son numéro de téléphone à Dublin, je lui jurai – je me jurai – de l'appeler chaque jour, et je lui promis – je me promis – de revenir en Europe très vite pour l'aider à préparer ses valises.

Traversant ensuite tout le pays, je me résolus, à mon cœur défendant, à la conduire jusqu'à Holyhead d'où elle embarqua sur le ferry pour Dublin. Et une fois qu'elle m'eut quitté je courus jusqu'à la falaise. J'y restai longtemps, perdu dans la contemplation des vagues qui l'emportaient loin de moi. Je n'étais plus Micha. Je n'étais plus Jonathan. Je n'étais même plus Jeff. J'étais Pouchkine. J'étais Pouchkine, et je me répétais :

Ô combien j'envie ces vagues,
Ces marées jaillissantes se jetant précipitamment
A ses pieds tels des esclaves !
Ô que je brûle de me joindre à ces vagues,
Et de presser, sur ces pieds, mes lèvres caressantes.

Je récitais ces vers, je les récitais inlassablement, et quand je pressentis finalement que son bateau était arrivé à port, j'allai lâchement me réfugier chez Emma pour oublier son odeur.

43

Si Emma fut surprise de me voir, elle n'en montra rien. Comme à son habitude elle me reçut entre ses draps et entre ses reins, et je la quittai le lendemain comme si de rien n'était ; comme si c'était pour quelques heures, quelques jours tout au plus. J'avais des affaires urgentes à régler. Des affaires à régler à Walton Street, m'assurant que je ne laissais derrière moi ni trace ni contentieux. Des affaires à régler à Grafton Square, m'assurant que tout était en ordre avec Mlle Miller et les commerçants du quartier. Des affaires à régler chez Sotheby's, m'assurant de mon kachan. Des affaires à régler avec Grue, avec Héron, avec Loriot, avec Tourterelle, avec Pipit, m'assurant qu'ils ne s'inquiéteraient pas trop tôt de ma disparition. Des affaires à régler avec le Centre, que je devais gaver une ultime fois, en priant pour que sa digestion soit lente.

Sortant de chez Emma ce matin-là, je décidai d'aller faire mes adieux à Leighton House. A cette heure matinale j'étais le seul visiteur des lieux, et ravi d'avoir l'endroit tout à moi. La première halte de ce pèlerinage, comme toujours, comme la petite Sibell me l'avait appris, fut le bassin central du rez-de-chaussée : une pièce de marbre d'un seul tenant, inspirée de la table de banquet du palais mauresque de la Zisa, à Palerme.

Je baignais dans la lumière du dôme se reflétant sur la pierre noire, quand une voix rauque – une voix de tabagique qui me coupa le souffle – me demanda, en russe, si j'avais remarqué ces étranges oiseaux à la gorge cisaillée ornant la mosaïque du hall. Comme si des vandales avaient jugé bon de les égorger, me disait la voix.

« C'est une ruse, répondis-je sans me retourner, quand je fus en mesure de parler. L'islam ottoman, poursuivis-je, interdisait la représentation de créatures vivantes. Alors, pour détourner ce tabou religieux, une fois leur travail terminé, les artistes immolaient symboliquement les créatures vivantes qu'ils peignaient, en faisant une incision dans le vernis.

– Comme c'est intéressant », dit la voix en se rapprochant.

Koukouchka ne me dit pas pourquoi elle se trouvait là, et je ne le lui demandai pas. « Une ruse, dis-tu, Micha ? Tout l'Orient n'est qu'une ruse, tu ne trouves pas ? Une grande ruse. Dès l'instant où le désir d'Orient s'est réveillé en Occident, l'Orient ne fut plus qu'une ruse. Dès l'instant où Christophe Colomb et les savants orientalistes qui l'accompagnaient débarquèrent dans le Nouveau Monde croyant avoir touché l'Extrême-Orient. Et ça n'a pas changé depuis. T'ai-je raconté l'histoire de cet antiquaire en visite en Iran ? Non ? Elle vaut la peine d'être entendue. Ecoute un peu... C'est un antiquaire londonien qui sillonne le bazar de Téhéran à la recherche de l'objet rare : la pièce unique qui justifierait son voyage et ferait pâlir d'envie ses confrères. Mais il ne trouve rien. Rien du tout. Que des copies. Que des imitations. Et voilà qu'un jour, en passant devant l'échoppe d'un marchand d'épices, le spectacle d'un chien enfournant goulûment sa pitance attire son regard. Typique des Anglais, tu ne trouves pas, Micha ? On peut toujours compter sur eux pour remarquer un chien. L'observant donc, notre Anglais se rend brutalement compte que le bol que l'animal pousse sans ménagement dans son avidité à avaler sa nourriture est – devine quoi, Micha – un kachan ! »

J'étais estomaqué, mais je fis bonne contenance et remerciai le ciel qu'elle se tînt à mes côtés, et qu'elle ne puisse pas me regarder dans les yeux.

« Un véritable kachan, Micha ! Un kachan noir et turquoise peint sur glaçure et délicatement lustré aux oxydes d'argent et de cuivre. Une petite merveille ! Il me faut ce kachan, se dit alors l'Anglais. Mais comment l'avoir sans mettre la puce à l'oreille du marchand et voir le prix grimper ? C'est là la question, comme disent justement les Anglais... Notre antiquaire réfléchit, il s'applique, et il finit par trouver. Il s'approche du marchand et demande un peu de safran. Et au moment de payer, il se baisse, tapote le chien sur la tête, et lance, l'air de rien : “Il est gentil, votre chien. Quel est son nom ?” “Son nom ? s'étonne le bazari. Il n'a pas de nom !

Ce n'est qu'un chien !" "C'est tout de même un gentil chien-chien, dit l'Anglais. Accepteriez-vous de me le vendre ?" "Mais ce n'est qu'un chien ordinaire, un chien de rue, répond le marchand. Pourquoi tenez-vous tant à lui ?" "Je vois bien que c'est un chien de rue, dit l'Anglais, mais il me plaît, et je suis prêt à vous en donner cent dollars." C'est un petit malin, cet antiquaire, Micha. Il sait que les Orientaux savent que les Occidentaux ont un faible pour les animaux domestiques, et il joue sur ça ! Il joue sur la cupidité du marchand ! "Cent dollars pour un chien, s'exclame le bazari. Il est à vous", ajoute-t-il précipitamment, comme s'il avait hâte de conclure l'affaire avant que l'autre ne se ravise. Et alors que l'argent change de main, il ajoute malicieusement : "Maintenant, vous pouvez lui donner le nom que vous voulez." "Je crois que je vais l'appeler Safran, dit l'Anglais, très diplomate. Et à propos, reprend-il après-coup, qu'est-ce qu'il mange d'habitude ?" "Oh, n'importe quoi", répond le marchand. "C'est que, explique l'Anglais, je ne voudrais pas qu'il se sente trop dépaysé en Europe, loin de sa nourriture et de tout ce qu'il connaît. Je me demandais d'ailleurs si je ne devrais pas prendre avec moi un de ses objets familiers. Tenez, pourquoi pas son bol à nourriture. Je vous en donne dix dollars." "Ah, je ne vous céderai pas ce bol pour dix dollars", dit le bazari. "Alors, disons cinquante", dit l'Anglais. "Même pas pour cinquante", se désole le bazari. "Bon, tranche l'Anglais qui commence à s'inquiéter. Cent dollars, alors, mais c'est mon dernier prix." Mais le bazari secoue toujours la tête d'un air affligé, et les enchères continuent de grimper. L'Anglais ne simule même plus maintenant. Et quand le marchand refuse finalement une offre de mille dollars pour le bol, il n'y tient plus. "Je ne comprends pas, dit-il. Je ne comprends vraiment pas ! Vous refusez une offre de *mille dollars* pour un vieux bol crasseux qui traîne par terre et dans lequel vous mettez de la nourriture pour chien ? Pourquoi ?" "Ah, c'est que c'est un bol porte-bonheur", répond énigmatiquement le bazari. "Un bol porte-bonheur ? s'étonne l'Anglais. Comment ça, un bol porte-bonheur ?" "Voyez-vous, lui dit alors le bazari, cela fait bientôt deux ans que je l'ai, ce bol. Et depuis que je l'ai, et tout marchand d'épices que je sois, il ne se passe pas un jour sans que je ne vende un chien de rue comme celui que vous venez de m'acheter ! Croyez-vous, mon cher monsieur, que je devrais changer de métier, et me faire marchand de chiens ?" »

Koukouchka s'était tue, à présent. Elle me donnait le temps de digérer la morale de son histoire.

« Intéressant, non ? reprit-elle quand elle vit que je ne réagissais toujours pas. Encore plus intéressant que ton histoire d'animaux sacrifiés après-coup pour satisfaire les théologiens, ne trouves-tu pas ? »

A vrai dire, je ne trouvais rien du tout. Je fulminais contre moi-même. Koukouchka m'avait ferré au kachan, et je ne l'avais même pas vu venir.

« Viens, dit-elle en me prenant le bras, allons voir la zénana. Encore une ruse orientale, la zénana. Voir sans être vu. Le privilège des femmes et des espions. Mon double privilège, Micha ! Allons un peu regarder le monde du côté obscur. »

Trop subjugué pour lui offrir une résistance, je la suivis docilement à travers le hall bleuté parsemé de colonnes marbrées.

« Boiseries turques du XVIe siècle », dit-elle en caressant la rampe de l'escalier menant à l'étage.

C'était elle le guide, maintenant. D'ailleurs, ne l'avait-elle pas toujours été ?

« Regarde, dit-elle quand nous fûmes dans la zénana. Un portrait de femme... Quoi d'autre s'attendre à trouver dans un tel endroit ? Dorothy Dene en Desdémone, à en croire le catalogue. Viens voir ce méli-mélo, ordonna-t-elle, et je lui obéis sans protester. Tu vois ce que je vois ? demanda-t-elle en lorgnant dans le hall à travers la cloison treillissée. Des céramiques d'Iznik se mêlant à d'autres de Tanger, du marbre italien jouxtant des boiseries turques, des mosaïques bleues victoriennes, un chandelier de cuivre – très probablement de facture anglaise –, et des palmiers en pot. En pot, Micha ! Et le tout vu par la belle Dorothy Dene à travers le moucharabieh d'une zénana égyptienne. Ce n'est pas l'Orient, ça, Micha ! C'est l'idée que ce cher lord Leighton et ses amis se faisaient de l'Orient. Ce n'est pas réel ! C'est une image ! Une image virtuelle ! Exactement comme toi, Micha ! »

Tout tourbillonnait autour de moi. J'étais une toupie, et Koukouchka tirait insolemment sur ma ficelle.

« Tu n'as pas pu résister au kachan à l'akhaltéké.

L'appel des steppes, j'imagine. Tu te languissais sans doute de ton adolescence perdue. Des camps de Pionniers du nord du Kazakhstan, et des cavaliers aux yeux bridés faisant un avec leur pur-sang. Je savais bien que le kachan te sortirait de ton trou !

– Mais... Mais comment ?

– Comment j'ai fait ? Comment j'ai pu mettre la main sur la coupe ? C'est ça que tu veux savoir, Micha ? Eh bien, il m'a suffi de jouer sur la fascination qu'exerçait l'eldorado pétrolier sibérien sur un milliardaire américain vieillissant. J'ai joué sur cette fibre-là, et j'ai obtenu la coupe. Puis je l'ai mise sur le marché en espérant voir pointer ta petite tête de linotte. »

J'étais écœuré.

« Et quand tu as montré ton bec, j'ai envoyé la petite Catherine pour t'engluer. »

Non ! Pas Catherine ! Pas elle ! Je comprenais à présent pourquoi je n'avais pas vu Catherine chez Sotheby's, la veille de la vente. Elle n'y était pas. Koukouchka n'avait voulu prendre aucun risque. Il ne fallait pas que je puisse voir Catherine avant que le duel ne soit engagé. Je me sentais défaillir. J'avais du mal à respirer.

« Viens, Micha. Sortons prendre l'air. »

A croire qu'elle avait lu dans mes pensées. Je la suivis dans le jardin, sans mot dire, adaptant mon pas au sien comme je l'avais toujours fait, comme je l'avais fait ce jour-là avec Catherine – avec *sa* Catherine – en sortant de chez Sotheby's.

« Tu n'as pas plus résisté à la fille qu'à la coupe, dit-elle quand nous fûmes dehors. Il fallait que tu lui fasses ton petit numéro de séducteur. Il fallait que tu la sautes. Un dernier petit coup insulaire, t'es-tu dit. Un petit coup vite fait avant de disparaître dans les immensités australes. Tu es si prévisible, Micha ! »

Elle alluma une cigarette.

« Toujours aussi avide de mettre ta marque dans des vagins, des gorges et des anus, à ce que je vois. Un vrai chien marquant son territoire. Pas un instant tu n'as flairé le piège. Après tout, une jeune Irlandaise en tailleur, élevée chez les nonnes et étudiant l'histoire de l'art, ce n'est pas vraiment un profil de femme fatale. Encore moins un profil d'Hirondelle. Tu voulais tellement t'éloigner de moi, Micha, que tu t'es aveuglé. Tu ne m'as pas vue derrière Catherine. Dis-moi que j'ai raison, Micha... »

Oui, tu as raison, me dis-je. Tu as toujours raison, Koukouchka. Toi la bâtisseuse de rêves, toi la broyeuse de rêves. Toi qui donnes la vie, toi qui la reprends.

« C'était juste un en-cas, dit-elle d'un ton espiègle. Catherine, j'entends... Déjà, lors de notre tête-à-tête prolongé à Chaubuisson, je me disais que quelque chose ne tournait pas rond. Surtout quand tu m'as sorti le grand jeu du don juan nostalgique. Je me disais que tu allais peut-être la jouer en solo, et qu'il valait mieux garder un œil sur toi. »

Et moi, dégoûté, je me demandai comment elle pouvait aller si loin, pour si peu. Comment elle pouvait tomber si bas pour un enjeu, somme toute, si insignifiant.

« Une petite police d'assurance, en quelque sorte, poursuivait-elle, fière d'elle. Je ne m'attendais cependant pas à rentrer si vite dans mon argent. Mais quand, la semaine passée, après votre dîner en amoureux à Covent Garden, la petite Catherine, perplexe, a envoyé à sa Koukouchka un message urgent l'informant que le Jonathan qu'elle était censée séduire n'était pas du tout un Jonathan, mais un Jeff – un Jeff dont je n'avais jamais entendu parler –, j'ai su que tu t'apprêtais à déserter ta famille.

– J'ai fait mon temps, Galia ! J'ai menti et j'ai triché pour toi ! J'ai joué au guetteur de trains avec Alouette et Martinet, pour toi ! J'ai joué au golfeur avec Corbeau, pour toi ! J'ai joué au papa et à la maman avec Hibou, pour toi ! J'ai joué au boute-en-train avec Héron, pour toi ! J'ai joué au petit minet avec Grue, pour toi ! J'ai joué au mage avec Tourterelle, pour toi ! J'ai joué au gentleman anglais avec Loriot, pour toi ! Et j'ai joué au noceur avec Pipit, pour toi ! J'ai fait tout ça pour toi, Galia ! J'en ai par-dessus la tête ! Trouve-toi un autre Jonathan !

– Ce n'est malheureusement pas possible, dit-elle en soufflant résolument sa fumée, comme pour montrer l'énergie qui l'habitait. J'ai besoin de toi, Micha, et j'ai besoin de ton commerce lucratif pour financer mes opérations.

– Je te le donne, Galia ! Je te donne tout ! Mais laisse-moi m'en aller !

– Ça ferait trop désordre, dit-elle en secouant tristement la tête. Dans ce climat de chasse à l'argent sale, quand toutes les polices du monde ont les yeux rivés sur le moindre transfert bancaire, je ne peux pas me permettre de recommencer de zéro. Tu as une épaisseur dans ce pays. Après tout, tu es un citoyen britannique honorable, Mikhaïl Mikhaïlovitch !

– Je ne le ferai pas, dis-je en m'immobilisant, comme pour lui signifier que je refusais désormais de la suivre. Je rentre à Moscou, Galia !

– Tu veux rentrer à Moscou ? Mais tu n'existes même plus, à Moscou ! » Elle s'était arrêtée à son tour, et elle attendait que je la rejoigne. Une dame comme il faut attendant patiemment son toutou qui s'entêterait à ne plus avancer.

« Tu n'existes même plus, répéta-t-elle en hachant ses mots. Plus depuis l'effondrement de l'Union. Le Centre n'a plus de Directorat S, Micha. Tous les Illégaux sont à présent des enfants illégitimes. Le Centre n'en reconnaît plus la paternité. Il n'y a pas de retour en arrière. Micha est mort, officiellement, il y a plus de vingt ans, l'année même où Jonathan est revenu à la vie. Il n'y aura pas de gerbe de fleurs, pas de médaille, pas de plan retraite, et pas de portrait encadré dans la salle du Souvenir, à Yasenevo. »

La voyant faire un signe de la tête à quelqu'un derrière moi, je me retournai et vis qu'un petit groupe venait de nous rejoindre dans le jardin : un homme et deux femmes. Ils étaient à une centaine de mètres de nous, mais je n'eus aucune peine à reconnaître l'homme à son gabarit et à sa démarche : Volodia. Puis je reconnus l'une des deux femmes, la plus jeune, et mon cœur chavira. C'était Catherine ! Ainsi, Koukouchka remuait le couteau dans la plaie. Elle voulait me prouver que Catherine était bien à elle. Elle en faisait un peu trop, me dis-je. Ce n'était vraiment pas la peine. Et je la méprisai pour ce manque évident de finesse.

« Tu n'existes plus, insista-t-elle en écrasant son mégot de la pointe du pied. D'ailleurs, à bien y réfléchir, as-tu jamais vraiment existé ? C'est *moi* qui t'ai créé ! De toutes pièces ! Tu sais ce que tu es, Micha ? Tu es mon village Potemkine !

– J'irai quand même à Moscou, Galia !

– Allons, allons... » Elle avait adopté avec moi le ton que prendrait un adulte désespérant de faire entendre raison à un enfant. « Et tu leur diras quoi au juste, à Moscou ? Que tu veux partir ? Comme ça ? Sans une pensée pour ta patrie ? Sans une pensée pour tes amis ? Pas même pour la pauvre Alla ? »

Quelle Alla ?

« Tu te souviens d'Alla, Micha ? » Elle m'avait pris le bras et m'entraînait à nouveau à sa suite. « Je parie que non... Mais Alla, elle, se souvient très bien de toi. »

Alla... Oui, Alla ! Alla Alexandrova ! Mais pourquoi Alla ? Pourquoi Koukouchka me parlait-elle d'Alla ? Pourquoi maintenant ? Pourquoi après toutes ces années ?

« C'est fou comme les femmes se rappellent certaines choses, Micha. Des choses que les hommes ont tendance à oublier. Des choses qu'ils veulent oublier. Je te concède volontiers que beaucoup d'eau a coulé sous les ponts, depuis. Enormément d'eau. Et avec tous ces visages que tu as embrassés, et tous ces corps que tu as possédés, ça ne doit pas être facile pour toi de te rappeler. Tu dois souffrir d'un trop-plein de souvenirs... Tu te souviens d'Alla, maintenant ? Tu te souviens de ton Allotchka ? »

La repoussant sans ménagement, je me retournai brutalement. L'autre femme ! Je la reconnaissais, à présent ! C'était Alla !

« Te souviens-tu du bon temps que tu as passé avec elle à Sotchi, l'automne même où tu as quitté la Russie pour devenir Jonathan ? » Elle m'avait repris le bras, et je lui avais à nouveau emboîté le pas.

« Tu t'en souviens ? Une idylle de trois mois au bord de la mer Noire. Ma façon de te dire merci, Micha, mais n'oublie surtout pas que tu laisses des êtres chers derrière toi. Tu l'as oubliée, bien sûr ! Tu as oublié Alla dès que tu as reniflé ta première chatte capitaliste. »

Alla, l'Hirondelle échouée de Koukouchka. Alla, l'Hirondelle qui ne prit jamais son envol. Alla, que Koukouchka m'avait jetée en pâture quand elle faisait de moi son Faucon. Alla, dans le lit de qui elle m'avait poussé quand elle s'était faite à l'idée qu'elle ne pourrait pas me garder pour elle.

« C'est encore une jolie femme, tu ne trouves pas, Micha ? Quoique ses jambes se soient bien alourdies. Il faut dire que les mères de chez nous ont tendance à s'avachir avec le temps. Elles s'ancrent petit à petit dans la terre. Leur centre de gravité baisse avec les années. C'est leur devenir babouckha qui doit les pousser ainsi vers le bas. Et quand elles meurent, elles ne tombent pas vraiment. Elles se contentent de s'affaisser. Sans faire de bruit. Comme des poires qu'on aurait laissées trop longtemps sur le feu. »

Je m'étais retourné une nouvelle fois, m'attendant presque à voir Alla affaissée sur cette pelouse anglaise. Mais elle ne s'était pas affaissée. Cornaquées par Volodia, elle et Catherine faisaient déjà demi-tour et se dirigeaient vers la sortie. La représentation était terminée, et je ne comprenais toujours pas à quoi rimait toute cette mise en scène, et où Koukouchka voulait en venir.

« A propos, me disait-elle à présent, toi qui es un expert en femmes, crois-tu que les belles jambes élancées de la jeune Catherine s'épaissiront aussi avec les années ? Comme celles d'Alla ? Il est vrai que Catherine tient aussi de son père : les yeux, bien sûr, et la bouche aussi – oh oui, la bouche ! Et son père, il est vrai, a bien résisté au temps qui passe. Mais sa charpente, Micha : la charpente osseuse de la petite Catherine est la copie conforme de celle de sa mère. Tu ne trouves pas ? »

Je ne trouvais rien du tout. Alla, Koukouchka, Catherine, mon passé, mon présent, mon avenir : qu'essayait-elle de me faire comprendre ?

« Pauvre Alla, poursuivit-elle. Abandonnée à elle-même, avec son bébé. »

Quel bébé ?

« Heureusement que j'étais là pour prendre l'enfant en charge. »

Koukouchka à contre-emploi ! Koukouchka le coucou, prenant sous son aile le petit d'une autre ! J'en aurais presque ri.

« Une petite fille, Micha. Une petite fille née huit petits mois après ton départ de Russie. »

Où diable voulait-elle en venir ?

« Un 20 juin, pour être plus précis... Un Gémeaux, Micha. Tout comme toi. »

Non !

« Une double personnalité, Micha. Tout comme toi. »

Non ! Non ! Mon Dieu, non ! Ce n'est pas possible !

« Et elle travaille pour moi, Micha. Tout comme toi. Et elle m'appartient, Micha. Tout comme tu m'appartiens.

– Non, je ne te crois pas !

– Tu as pris ton temps pour la baiser. Ça ne te ressemble guère, Micha. J'étais inquiète. Je me disais même que tu voudrais peut-être l'épouser en bonne et due forme avant de coucher avec elle... Amour, amour, quand tu nous tiens...

– Tu mens, Galia ! hurlai-je.

– Pas un instant tu ne t'es demandé pourquoi, après tant d'années, tu étais finalement tombé amoureux. Pas un instant tu ne t'es douté que c'était de toi-même que tu tombais amoureux. Que cette fille-là, c'était toi.

– Tu mens ! Tu mens !

– Baisse la voix, Micha ! Tu croyais peut-être que

j'allais t'envoyer en Occident comme ça ? En croisant tout simplement les doigts et en priant que tu n'oublies pas ta Koukouchka ? »

Mais je ne l'écoutais déjà plus disséquer son triomphe dans cette partie inégale engagée un quart de siècle auparavant. Je courais comme un fou vers la sortie. J'étais dans la rue. Je fondais sur Volodia qui faisait barrage entre moi et une grosse voiture noire. J'entendais une portière claquer. J'entendais le moteur s'emballer. J'entendais les pneus ululer. Je voyais la voiture prendre de la vitesse. Je voyais l'express de Liverpool entrer en gare. Je bousculais Volodia. Je courais après la voiture. Je courais après le train le long du quai. Je contemplais, hébété, le train happer Alouette et Martinet, et les broyer. Je regardais, stupéfait, la voiture disparaître au coin de la rue, emportant ma fille, emportant ma femme, emportant mon passé, emportant mon avenir. J'étais sidéré. Je sentais mon corps me filer entre les doigts. J'étais pétrifié. Je sentais mon souffle me quitter. Je suffoquais. J'avais le vertige. Je titubais. J'étais pris de nausées.

Je vomissais le petit-déjeuner qu'Emma m'avait préparé.

44

KOUKOUCHKA vint finalement me rejoindre. Posant sa main sur mon front glacé, elle prit le mouchoir que Volodia lui tendait, et elle en essuya le vomi qui maculait mon menton, ma cravate et ma veste. Elle me mena ensuite par la main jusqu'au parc tout proche, et là, assise à mes côtés sur un banc, elle me dit – elle me répéta, cette fois-ci calmement, puisque j'étais déjà vaincu et que je m'étais reconnu comme tel –, elle me dit que Catherine était Ekaterina. Ekaterina Mikhaïlovna. Ma Katyoucha ! Ma fille ! Mon enfant ! Ma propre chair ! Elle me dit que ma fille ne connaissait ni son vrai père ni sa vraie mère. Elle m'assura que ma fille ne savait pas que son amant anglais était un Russe. Encore moins qu'il était son père. Elle me dit que pour ma fille, Jonathan – ou plutôt Jeff – n'était qu'une cible, une mission comme une autre. Et elle me jura, me jura par tout ce qui lui était sacré – c'est-à-dire rien du tout –, qu'il en serait toujours ainsi. Que ma fille n'apprendrait jamais la vérité. Que ce serait là notre secret. Et que cela resterait notre secret aussi longtemps que je ne ferais pas de bêtise. Aussi longtemps que je me retiendrais de rentrer impétueusement à Moscou, ou de courir me confesser aux Anglais, ou d'aller vendre à la presse ma triste histoire de Soviétique exilé, d'espion déphasé, de manipulateur manipulé, de séducteur séduit, d'époux cocufié, de père dénaturé. Aussi longtemps que j'oublierais Jeff. Aussi longtemps que je demeurerais fidèle à Jonathan. Aussi longtemps que je serais le Faucon de Koukouchka. Aussi longtemps que j'accepterais de monter la garde devant les œufs qu'elle plaçait subrepticement dans le nid anglais.

Je fus alors pris d'un besoin irrésistible de chanter, de me remplir les oreilles de sons nouveaux, d'empêcher les mots de Koukouchka de m'atteindre. Mais je n'y parvenais pas. Je ne vibrais que par les mots de Koukouchka. Aucune musique n'arrivait jusqu'à moi. Que les sons – les sons, pleins de sens – de Koukouchka. Je sus alors que mon imperméabilité à la musique était le reflet de ma destinée. Je sus que mon incapacité à recevoir la musique était due à l'absence, chez moi, de tout avenir. Parce que la musique exprime la matière se transformant en énergie. Parce qu'elle annonce les choses en devenir. Parce qu'elle éclaire les formes à venir. Alors que moi, je ne tenais d'aucun autre avenir que celui que Koukouchka m'avait tracé. Je ne tenais même plus de mon propre corps. Le monde était plein sans moi. Je n'avais plus de mots pour lui. Que les mots de Koukouchka. Les mots de Koukouchka, et une image, aussi. Une image de ma fille. Une image de ma promise. Une image de mon enfant. Une image de mon épouse. Une image mise en scène par Koukouchka.

Et soudain, je me surpris à fredonner. Oui, à fredonner. Des sons tout à fait inattendus me traversaient. Des sons qui n'étaient pas ceux dont Koukouchka m'abreuvait. Des sons inespérés. Une musique qui ne devait rien à Koukouchka. Une musique qui me remplissait de joie. Un air. Un refrain. Oui, un refrain ! Un vieux refrain anglais ! Un refrain qu'Emma m'avait un jour chanté ! Un poème de Shakespeare ! Un hymne au printemps ! Un hymne à la gloire de la vie qui rejaillit ! Et je m'y accrochais, à cette nouvelle vie ! Je m'y accrochais de toutes mes forces ! Et je fredonnai :

Quand les pâquerettes bigarrées,
Les violettes bleutées, les cardamines argentées,
Et les anémones d'or teintées
Peignent de ravissement les prés,
Alors le coucou, dans l'arbre, se rit de l'époux,
Car il chante : « Coucou ! Coucou ! Coucou ! »
Ô mot qui inspire la crainte,
Et qui l'oreille de l'époux éreinte.

Puis le sens acerbe qui se cachait derrière ces sons mélodieux me frappa de plein fouet, et l'espoir insensé qui m'avait submergé l'instant d'avant retomba aussi brutalement qu'il était né. Non, ce n'étaient pas là des sons nouveaux, me dis-je. Non, il n'y aurait pas d'avenir pour moi.

Et le coucou, dans l'arbre, se rit de l'époux

Dieu, que le Barde anglais avait raison. Car le coucou, au printemps, se rit de l'époux. Et Koukouchka – Koukouchka le coucou – se riait bel et bien de moi à l'aube de ma nouvelle vie. Elle se riait de moi, et elle me chantait : « Coucou, cocu ! Coucou, cocu ! Coucou, cocu ! »

45

Je dus rentrer seul à Grafton Square. Je dus y rentrer seul car Koukouchka ne m'aurait jamais ramené à Grafton Square. Koukouchka m'aurait ramené à Walton Street. Elle m'aurait ramené chez Jonathan. Mais je n'étais pas à Walton Street. J'étais à Grafton Square. Chez Jeff. Jeff, dont ma Katyoucha avait l'adresse. Jeff, dont ma Katyoucha avait le téléphone.

J'étais à Grafton Square, et j'attendais. J'attendais un appel dont je craignais qu'il ne vienne jamais. Non, j'attendais un appel dont j'espérais qu'il ne viendrait jamais. Je priais que mon amour appelle. Non, je priais que ma fille n'appelle jamais.

J'étais à Grafton Square, et j'attendais. J'attendais en m'abrutissant : je noyais le goût de ses lèvres dans l'alcool. J'attendais en implorant : je couvrais de mes pitoyables suppliques le son de sa voix. J'attendais en sanglotant : j'effaçais de mes larmes l'image de son visage. Mais j'avais beau me saouler, et supplier, et pleurer, je la goûtais encore, et je l'entendais, et je la voyais.

J'étais à Grafton Square, et j'attendais. J'attendais en me meurtrissant : je plongeais mon corps coupable dans l'eau bouillante pour en extirper son odeur. J'attendais en me mortifiant : je lacérais ma peau impure pour en effacer son empreinte. J'attendais en expiant : je mêlais mes larmes chaudes à cette eau dans laquelle j'aurais tant voulu engloutir mon péché. Mais j'avais beau me faire violence, j'avais beau faire pénitence, je sentais toujours ses caresses, et sa fragrance.

J'étais à Grafton Square, et j'attendais. J'attendais en rageant. Ma Katyoucha est une Hirondelle. Ma Katyoucha espionne pour Koukouchka, elle ment pour Koukouchka, elle triche pour Koukouchka, elle vend son corps pour Koukouchka, elle couche avec son propre père pour Koukouchka.

J'étais à Grafton Square, et j'attendais. J'attendais en me rhabillant. Je me parais de mon bel uniforme insulaire. Je me ceignais de mon harnais anglais. Je soignais ma mise pour ce qui allait advenir. Je m'apprêtais à tenir mon rendez-vous avec le destin.

J'étais à Grafton Square, et j'attendais. J'attendais en complotant. Je complotais pour tirer mon enfant des griffes de Koukouchka. J'attendais en écrivant. J'écrivais en russe, j'écrivais en anglais, j'écrivais en russe et en anglais. Je narrais ma navrante histoire. Je couchais sur le papier les termes du marché que j'entendais proposer aux Anglais. J'appelais de mes vœux ces Busards que j'avais tant craints vingt ans durant. Je les suppliais de venir. De venir au plus vite. Avant qu'il ne soit trop tard.

Je les conjurais d'accepter l'offrande que je leur faisais de Koukouchka, de Pipit, de Héron, de Grue, de Tourterelle, de Loriot, du croupier maltais, de l'antiquaire irlandais, de tant d'autres. Je les suppliais d'accepter ma confession pour la mise à mort injustifiée de Corbeau, pour le massacre inique de Hibou, pour le suicide insensé d'Alouette et de Martinet. Je les implorais d'avoir pitié de ma Katyoucha. De lui épargner la vérité.

Je n'attendais plus. Les feuilles de papier que j'avais noircies étaient déjà dans leur enveloppe brune qui se donnait volontiers des allures de correspondance officielle, prêtes à être recueillies par des mains tout aussi officielles.

Je n'attendais plus. Je manipulais mon arme. Je la démontais encore une fois. Je la remontais une nouvelle fois. J'écoutais attentivement chacun des bruits que faisait chacune des cinquante-cinq pièces qui la composaient, guettant une fausse note et n'en trouvant point.

Je n'attendais plus. J'enfilais une à une les dragées mortelles – aussi mortelles que le kachan – dans les lèvres du chargeur, emboîtant fastidieusement les petits projectiles lustrés – aussi lustrés que le kachan – dans la semelle de l'arme.

Je n'attendais plus. J'armais mon pistolet. J'introduisais une balle dans le canon. Je palpais ce petit faiseur de miracles de dix-neuf centimètres de long, aussi rassurant aujourd'hui dans sa froideur métallique et sa noirceur bleutée, que mes bretelles feutrées et colorées l'avaient jadis été.

Je n'attendais plus. Je caressais mon arme. Je la couvais. C'est que j'avais beaucoup à lui demander, et je n'aurais pas voulu qu'elle me laissât tomber. Je voulais, bien sûr, qu'elle m'ôtât la vie. D'un coup. Mais je voulais aussi qu'elle alertât ma logeuse, en l'effrayant assez pour qu'elle appellât la police sans tarder.

Car tout devait aller très vite, maintenant. Ma vengeance était à ce prix. Quatorze coups de feu – quatorze coups en rafale –, pour paniquer Mlle Miller et ameuter le quartier, et un dernier coup de feu pour moi. Une balle pour moi. Une seule. Une balle de 9mm parabellum. *Parabellum* : pour préparer la guerre. *Parabellum* : un dernier acte de guerre, pour enfin avoir la paix. Une balle pour moi, donc. Ni dans le cœur que je n'ai jamais eu, ni dans la tête que j'ai depuis longtemps perdue, mais dans la bouche. Une balle dans ma bouche remplie d'eau. De l'eau, pour que le projectile salvateur ne se contente pas de me traverser délicatement le crâne de part en part. De l'eau, pour que ce petit bout de plomb de huit malheureux grammes fasse exploser ma tête, obère mon visage, et envoie mes morceaux épars s'incruster, comme autant de taches de couleur, dans les brocarts flétris, les chintz jaunis et le papier peint défraîchi de Mlle Miller.

Je n'attendais plus. Je n'attendais plus rien. Je me regardais dans la glace. Je fixais des yeux mes bretelles.

Je passais mes doigts le long de leur feutre doux et autour de leur cordage ciré. Je les remontais. Je tirais sur elles. Je les serrais. Fort. Plus fort. Encore plus fort. Je leur demandais l'impossible. Je chavirais, je sombrais, je me liquéfiais, j'étais Micha, j'étais Jonathan, j'étais Jeff, j'étais Micha, j'étais Keats.

J'étais Keats, et je tendais désespérément l'oreille, cherchant partout le chant du rossignol qui couvrirait les sarcasmes du coucou. J'étais Keats, et je tendais de tout mon être vers une mort apaisante que je parais des noms les plus doux.

Epilogue

Mais Micha n'est pas Keats. Les hommes comme lui ne le sont jamais. Et il ne mit pas fin à ses jours. Les hommes comme lui ne se tuent pas. Se regardant dans la glace, le spectacle qu'il aurait donné de lui, mort – à Mlle Miller, aux policiers et aux ambulanciers, et aux Busards que le Service de sécurité n'aurait pas manqué de dépêcher sur les lieux –, lui parut soudain insoutenable. Se regardant dans la glace, l'idée de tous ces cliniciens grattouillant les rideaux et épouillant les tapis à la recherche de ses débris lui fut tout bonnement insupportable.

Il se peut que la tache sombre, chaude et poisseuse, qui avait encadré l'image du corps sans vie et sans visage de sa mère, enchevêtré aux chairs ivres et rugissantes de son père, ait été trop vivace dans son esprit. Les hommes comme lui ne vivent que de souvenirs. Il se peut aussi que l'image qu'il avait de lui-même ait été plus forte que tout. Plus forte, même, que l'image de sa Katyoucha, que Koukouchka venait de graver en lui. Les hommes comme lui sont effroyablement vaniteux. Comme il se peut que son désespoir à l'idée d'avoir possédé sa propre fille n'ait été que de la rage. La rage d'avoir été possédé par Koukouchka. Les hommes comme lui n'ont ni fille ni famille. Les hommes comme lui ont, tout au plus, une Koukouchka.

Toujours est-il qu'il ne se donna pas la mort ce jour-là. Ajustant ses bretelles, il s'en fut plutôt brûler l'offrande qu'il venait de préparer à l'attention des Anglais. Puis il jeta les feuilles calcinées dans la cuvette des toilettes, tira la chasse d'eau, et regarda le trou noir les emporter. Et sa honte avec.

Il enterra ensuite Jeff à la va-vite, il déterra Jonathan, et il quitta Grafton Square pour Walton Street. Walton Street où il était Jonathan. Le Jonathan de Grue, de Héron, de Loriot, de Tourterelle, de Pipit, et de tous les petits frères et toutes les petites sœurs que Koukouchka ne manquerait pas de lui confier à l'avenir. Le Jonathan de Tony – le Jonathan de Huppe, devrait-on dire. Le Jonathan d'Emma, aussi. Le Jonathan de toutes les Emma. Le Jonathan de tous les Aristos.

Et tout ce temps il avait à l'esprit ce mot d'un général de la vieille école, qui, sur le point de succomber face à l'ennemi, avait réuni ses officiers pour leur dire le plus sereinement du monde : « Messieurs, la situation est sans espoir, mais tout cela n'est pas bien grave. » Il se répétait ce bon mot, il le faisait sien, et il se disait, bien sûr, que c'était là une preuve supplémentaire de son anglicité. Un vrai homme du monde, voilà ce qu'il était ! *Made in England !*

Et le coucou, dans l'arbre, se rit de l'époux

Koukouchka avait encore gagné. Micha vivrait donc afin de se battre pour elle dans une autre de ses sales petites guerres. Mais il vivrait aussi, se disait-il, afin de se battre un jour contre elle. Les restes d'humanité qui subsistaient en lui dépendaient de ce fol espoir.

REMERCIEMENTS

Mes remerciements vont à Elie Ayoub, John Gerson, Stephen Suffern, Anthony Smith, Venetia Vyvyan, Thérèse Bittar, le Aston Martin Heritage Trust et le Aston Martin Owners Club, Névine et Carlos Hage-Chahine, Catherine Maltzeff, Patrick Imbert de Friberg.

Outre les poètes et les écrivains que je mentionne au fil du récit, je devrais aussi citer : Roland Barthes, *Fragments d'un discours amoureux* (Paris : Le Seuil, 1977) ; John Costello et Oleg Tsarev, *Deadly Illusions* (Londres : Century, 1993) ; William Duff, *A Time for Spies* (Nashville : Vanderbilt University Press, 1999) ; Orlando Figes, *Natasha's Dance* (Londres : Penguin Books, 2003) ; Kate Fox, *Watching the English* (Londres : Hodder & Stoughton, 2004) ; Vassili Grossman, *Zhizn i Sudba* (trad. française *Vie et Destin*, Lausanne : L'Age d'Homme, 1980) ; Margaret Humphreys, *Empty Cradles* (Londres : Corgi Books, 1995) ; Simon Sebag Montefiore, *Stalin* (Londres : Weidenfeld & Nicolson, 2003) ; Tatiana Tolstoï, *De l'Élégance masculine* (Paris : Acropole, 1987) ; Rafi Zabor, *The Bear Comes Home* (Londres : Vintage, 1999).

DU MÊME AUTEUR

Aux Éditions Albin Michel

MUSC, prix Guerlain 2000.

MOORE LE MAURE, 2001.

LE SYSTÈME BOONE, 2002.

LE MUEZZIN DE KIT KAT, 2004.

Composition IGS-CP
Impression : Imprimerie Floch, juillet 2005
Éditions Albin Michel
22, rue Huyghens, 75014 Paris
www.albin-michel.fr
ISBN broché : 2-226-16721-8
ISBN luxe : 2-226-13950-8
N° d'édition : 23565. – N° d'impression : 63448
Dépôt légal : août 2005
Imprimé en France